Le jeu d'une princesse

JESSICA GILMORE

Le jeu d'une princesse

Traduction française de

ANNE-LAURE PRIEUR

AZUR

HARLEQUIN

Collection : Azur

Titre original :
CINDERELLA AND THE VICOMTE

HARPERCOLLINS FRANCE
83-85, boulevard Vincent-Auriol, 75646 PARIS CEDEX 13
Service Lectrices — Tél. : 01 45 82 47 47 - www.harlequin.fr
ISBN 978-2-2804-9163-1 — ISSN 0993-4448

Composé et édité par HarperCollins France.
Imprimé en juillet 2023 par CPI Black Print (Barcelone)
en utilisant 100% d'électricité renouvelable.
Dépôt légal : août 2023.

FSC
www.fsc.org
MIXTE
Papier issu de sources responsables
FSC® C159065

Pour limiter l'empreinte environnementale de ses livres, HarperCollins France s'engage à n'utiliser que du papier fabriqué à partir de bois provenant de forêts gérées durablement et de manière responsable.

1.

— Car il n'y eut jamais d'histoire plus douloureuse que celle de Juliette et de son Roméo.

Un silence suivit la réplique finale, puis l'assemblée explosa dans un tonnerre d'applaudissements. Clémence Beaumont, encore habitée par son personnage, mit quelques secondes à reprendre ses esprits. La dague glissa par terre comme Ed, son partenaire de jeu, l'aidait à se relever. Main dans la main, ils s'avancèrent vers leur public et saluèrent, bientôt rejoints par le reste de la distribution.

Le théâtre en plein air tenait davantage de l'amphithéâtre que de l'auditorium classique avec ses gradins en demi-cercle, plutôt bien remplis pour une production amateur destinée à collecter des fonds. Comme cela lui avait manqué d'être sur scène ! Clem salua de nouveau sous les acclamations des spectateurs. Plusieurs visages familiers se détachaient parmi eux. Celui de Sally, sa meilleure amie, qui avait dû confier ses enfants à une baby-sitter. De Mr Reynolds, son professeur de littérature, qui lui avait transmis sa passion pour Shakespeare. Ou encore de Mrs Atkins, son institutrice préférée à l'école primaire. Sa voisine Trinny était également présente, ainsi que sa sœur…

Clem cligna des yeux. *Sa sœur ?* Arrosa était en Cornouailles ? Comment avait-elle réussi à s'esquiver ? Seule, de surcroît ? Non, Henri, son chauffeur et chef de la sécurité, ne devait pas être loin. Arrosa ne sortait jamais en public sans une escouade de gardes du corps. Ses voisins de siège ne semblaient pas l'avoir reconnue, bien qu'elle fît régulièrement la une des journaux et des réseaux sociaux. Les épaisses lunettes et le chapeau couvrant ses boucles noires constituaient un déguisement efficace. Malgré cela, Clem l'aurait reconnue entre mille. Leur ressemblance était frappante : mêmes fossettes, mêmes pommettes saillantes, mêmes yeux noisette frangés de cils interminables. Mais alors qu'Arrosa était une princesse, fille légitime du roi Zorien des Asturies, Clem, elle, était une erreur de jeunesse. Son existence avait été soigneusement dissimulée à sa famille paternelle ainsi qu'au pays sur lequel son père régnait. Pays dans lequel elle n'avait même jamais mis les pieds.

Que diable faisait sa sœur ici ? Clem lui avait bien envoyé une invitation, mais elle ne s'attendait pas à ce qu'elle vienne. C'était quasi mission impossible pour Arrosa d'échapper à l'étroite surveillance dont elle faisait l'objet.

Alors que les applaudissements retombaient, tous les acteurs quittèrent la scène. L'euphorie régnait en coulisse, comme après chaque spectacle.

— Tous à la maison ! lança Ed, un bras autour de son petit ami Tybalt, surnommé Tom. Tu viens fêter ça avec nous, Clem ?

— Ce n'est pas que je ne veux pas, mais…

Ed prit un air compatissant.

— Tu étais sensationnelle, ce soir. Je sais que ce n'est plus pareil. Mais elle voudrait que tu t'amuses.

Elle. Il voulait parler de sa mère. Simone Beaumont avait produit et dirigé la plupart des pièces du village, figure de proue de la campagne de restauration ayant insufflé une seconde vie au vieux théâtre. Sa détermination l'avait emporté sur les projets d'un promoteur local de raser ce lieu emblématique au profit d'un énième centre commercial. Sa mère trouvait toujours une cause à défendre. À tel point que Clem avait parfois eu le sentiment d'être reléguée au second plan en grandissant. Aujourd'hui, elle donnerait tout pour la revoir dans la cuisine, penchée sur une nouvelle bannière. *Sauvons nos phoques ! Non à la pollution de l'eau ! Poste fermée = mort du village !* Simone Beaumont, défenseuse des opprimés.

— On te raccompagne après, proposa Tom.

Clem secoua la tête.

— C'est gentil, mais j'ai cru apercevoir ma cousine dans les gradins…

— Qu'elle vienne aussi !

— On se voit rarement. On a beaucoup de choses à se raconter, prétexta-t-elle. Amusez-vous bien. Vous aussi, vous avez été exceptionnels. Encore bravo.

Elle les embrassa tous les deux sur la joue avant de filer se changer. Il y avait longtemps qu'Arrosa n'osait plus se montrer en public avec elle. Encore moins aller à une fête sans le feu vert de ses chaperons. Elle avait beau avoir un titre, de l'argent et une vraie relation avec leur père, Clem, elle, jouissait d'une liberté dont sa demi-sœur ne pouvait que rêver.

Une fois démaquillée, elle troqua son costume contre ses vêtements de ville. Quinze minutes plus tard, elle quittait le théâtre pour rentrer chez elle. Elle était née et avait grandi dans ce pittoresque village côtier où sa mère s'était installée après avoir appris la vérité sur son amant : Zorien n'était pas un simple étudiant à la Sorbonne comme elle, mais un prince sur le point de contracter un mariage arrangé. Trois mois après son arrivée en Cornouailles, elle avait accouché de Clem dans une ville inconnue. Et six mois plus tard, une naissance royale était célébrée aux Asturies. Simone avait dû se sentir si seule… Orpheline, amante délaissée et désormais mère célibataire. Mais elle avait trouvé sa place dans le petit port de pêche, profondément attachée à ses cottages sur la falaise et sa jolie plage de sable blanc.

Clem aussi adorait cet endroit. Elle ne l'échangerait contre aucun palais.

C'était la longue maladie de sa mère qui l'y avait ramenée. Elle s'était occupée d'elle jusqu'à son décès, six mois plus tôt. Depuis, elle hésitait à retourner à Londres où elle tentait de percer comme actrice. La tristesse la paralysait. Son deuil était encore trop frais, trop douloureux. Quitter le confort de ce qu'elle connaissait était au-dessus de ses forces.

Elle tourna dans l'allée menant au cottage que Zorien leur avait acheté des années auparavant. Elle n'avait pu se résoudre à toucher à quoi que ce soit. Les vêtements de sa mère remplissaient toujours l'armoire. Son coupe-vent était encore accroché à la patère dans l'entrée. Arrosa avait sa propre clé, aussi Clem ne fut-elle pas surprise de la trouver dans le salon, pelotonnée sur le canapé. L'air ailleurs. En l'entendant, elle leva la tête et se précipita pour la serrer dans ses bras.

— Je suis contente de te voir, Rosy, mais… Que fais-tu là ?

Clem accepta un verre de l'excellent vin apporté par Arrosa, tout en en salivant devant les mets appétissants de chez Fortnum & Mason disposés sur la table basse. Elle choisit un morceau de fromage, et toutes deux s'assirent sur le canapé.

— Tu m'as invitée à ta représentation, lui rappela sa sœur. Tu étais formidable en Juliette !

Arrosa parlait un anglais irréprochable grâce à une nourrice anglaise et cinq années de pensionnat au Royaume-Uni. Son accent ne filtrait que lorsqu'elle était très émue ou agitée. Un accent musical qui, pour Clem, était un peu une fenêtre sur ce royaume au nord-ouest de l'Espagne dont elle ignorait tout.

— Tu n'es jamais venue avant, pointa-t-elle.

— Et je le regrette. Clem… Je suis désolée de ne pas avoir assisté aux funérailles de Simone. Tu sais combien je l'aimais…

— Ne t'inquiète pas. Elle aurait compris. Les fleurs que tu as envoyées étaient magnifiques.

— Mais tu es ma sœur. J'aurais dû être à tes côtés.

— Je sais combien c'est difficile pour toi de te libérer, assura Clem.

C'était le cas. Elle comprenait les restrictions régissant leur relation. Mais elle n'avait pu s'empêcher de chercher son visage, ce jour-là. Son absence l'avait blessée. Elle en avait parfois assez d'être le secret honteux de la famille, condamnée à affronter seule les épreuves de la vie.

— Tout était plus simple avant, dit Rosy d'un ton nostalgique. J'adorais venir ici pendant les vacances quand j'étais en pension.

Zorien avait demandé à Simone si Arrosa pouvait séjourner chez elle de temps en temps, en se faisant passer pour une cousine, afin qu'elle connaisse sa sœur. Simone aurait pu s'en indigner. Mais elle avait trop bon cœur pour ne pas accueillir Rosy à bras ouverts. « Un palais n'est pas un endroit pour un enfant, affirmait-elle. Elle a besoin de s'amuser et d'explorer le monde ! » Et c'était exactement ce qu'elles avaient fait, avec toute l'insouciance de leur jeunesse.

Cette époque bénie s'était achevée à l'adolescence, quand Arrosa avait dû endosser ses responsabilités princières. Toutes deux ne se voyaient plus que rarement. Leurs contacts se résumaient à leurs longues conversations téléphoniques hebdomadaires. Arrosa n'avait mentionné aucune visite lors de la dernière en date, quelques jours plus tôt.

— Crache le morceau, Rosy. Ça me fait plaisir de te voir. Mais tu n'es pas du genre impulsif. Est-ce que tout va bien ?

Une ombre traversa le visage de sa sœur.

— Je ne sais pas…

Elle termina son verre d'une traite.

— Je crois que je viens de demander quelqu'un en mariage.

Clem contint sa surprise. Elle ignorait qu'Arrosa ait eu un petit ami. Le royaume asturien était une société patriarcale aux valeurs conservatrices. Leur princesse était censée incarner ces valeurs.

— Tu crois ou tu en es sûre ? Qui est l'heureux élu ?

— Akil, vicomte d'Ortiz. Une figure montante de l'opposition, répondit Rosy. Son père, le duc d'Ortiz, est l'un des plus virulents détracteurs de papa. Nos deux familles sont ennemies depuis des générations. Mais Akil et moi nous entendons bien et avons beaucoup de points communs. Il sait ce que c'est de devoir se montrer à la hauteur de son nom.

— Vous vous entendez bien ? répéta Clem. Tu veux dire que vous ne sortez même pas ensemble ? Le mariage est un engagement sérieux, Rosy. Si tu commençais par un dîner ou un cinéma ? Et puis…

Elle resservit sa sœur en vin.

— Tu *crois* l'avoir demandé en mariage ? Qu'est-ce que ça veut dire ?

Arrosa rougit.

— Akil a joué un rôle clé dans l'accord des partis d'opposition à une modification de la loi me permettant d'hériter du trône. C'est capital d'obtenir un consensus. Les Asturiens sont si attachés à leurs traditions qu'une seule voix dissidente suffirait à les rendre méfiants à mon égard.

Les lois sur la primogéniture aux Asturies empêchaient Arrosa de devenir reine. Non que cela la dérangeât. Elle n'avait aucun désir de régner. Mais, lorsqu'il était devenu évident qu'aucun fils ne lui succéderait, son père – *leur* père – avait résolu de faire promulguer une nouvelle loi. Huit ans plus tard, celle-ci n'était plus qu'à quelques semaines d'être ratifiée, faisant d'Arrosa l'héritière officielle du trône. Quel qu'ait été son ressenti, Rosy avait accepté son nouveau destin avec sa dignité habituelle.

— Je vois. Un vrai conte de fées. En échange de son aide, il obtient la main de la princesse et la moitié du royaume ?

Sa sœur ignora sa taquinerie.

— Clem, tout le monde m'incite à me marier. Ma

famille, mes conseillers, les médias… Je perpétuerais ainsi la lignée royale, tout en projetant une image de maturité et de stabilité. Cette pression me déplaît, mais c'est ce qu'on attend de moi. Le problème est que je n'ai aucun prétendant. Qui pourrais-je épouser ? Mon statut de princesse fait peur aux rares hommes que je rencontre. Alors future reine, je te laisse imaginer. J'apprécie beaucoup Akil. Il connaît les rouages de la Cour et partage mes ambitions pour les Asturies. Un aristocrate célibataire d'à peu près mon âge… Que demander de mieux ?

— Alors tu as mis un genou à terre et lui as demandé sa main ? plaisanta Clem.

La situation n'avait rien de drôle. Mais sa sœur ne voudrait pas de sa pitié.

— Pas vraiment. J'ai suggéré qu'il serait plus à même d'agir en tant que prince consort, avant de prendre la fuite. Et s'il disait oui ?

— Est-ce ce que tu veux ? Qu'il accepte ?

— Ce n'est pas ce dont je rêvais petite fille, admit Rosy. Mais ce serait la meilleure solution.

— Quelle romantique, ironisa Clem. À quoi ressemble-t-il ? Est-il séduisant ?

D'autres questions lui brûlaient les lèvres, qu'elle n'osait formuler. Était-ce quelqu'un de bien ? La respecterait-il ? Se voyait-elle tomber amoureuse de lui ?

— Eh bien, il n'est pas désagréable à regarder.

Arrosa lui montra une photo sur son téléphone. Clem faillit s'étouffer avec son vin. « Pas désagréable à regarder » ? C'était l'euphémisme du siècle ! Des pommettes ciselées, une mâchoire volontaire, des lèvres incroyablement sensuelles… Le vicomte était à tomber !

— Oui, pas mal, commenta-t-elle, sarcastique.

— C'est un homme bien.

Était-ce Clem qu'elle essayait de convaincre ou elle-même ?

— Mais… ?

Arrosa poussa un soupir.

— Une reine doit se résoudre à certains sacrifices pour son pays. J'ai déjà renoncé à avoir une vie privée et choisir ma destinée. Un mariage sans amour est-il le sacrifice de trop ? Le pouvoir condamne à la solitude. Ce serait plus supportable avec un mari que j'aime à mes côtés. Quelqu'un qui m'ait épousée pour moi et non pour mon titre. Mais je doute que cette personne existe. Akil est l'alternative tout indiquée. Je devrais sans doute l'accepter.

— Rosy, une telle décision ne se prend pas à la légère. Ne te précipite pas.

Arrosa semblait ployer sous le poids de son devoir royal. Elle avait le teint brouillé et des cernes soulignaient ses yeux. Clem ne l'avait jamais vue aussi soucieuse.

— Ne t'inquiète pas, s'empressa-t-elle d'ajouter. Je risque d'être très occupée une fois la loi ratifiée, alors j'ai libéré mon emploi du temps d'ici là. Papa a beau être encore jeune, il tient à ce que je sois prête quand mon tour viendra. Sûrement parce que lui-même a hérité du trône plus tôt que prévu. J'ai encore tellement à apprendre…

— Alors tu t'offres des vacances tant que tu le peux ? résuma Clem.

Arrosa sourit.

— Je n'irais pas jusque-là. Il me reste beaucoup à faire. Mais je n'ai aucun engagement officiel pour le restant de l'été.

— Alors reste, proposa Clem. Qu'est-ce qui t'empêche de superviser les choses à distance ? Tu sais combien l'air de la Cornouailles te réussit.

Et puis, ce serait l'occasion pour elles de se retrouver.

— J'adorerais, mais je reprends l'avion ce soir, répondit Rosy à regret.

— Ce soir ?

Une profonde déception envahit Clem. Elle n'avait pas réalisé à quel point elle se sentait seule avant de voir Rosy dans les gradins. Elle avait ses amis, bien sûr, mais ce n'était pas pareil. Pas comme une sœur. Si seulement elle et Arrosa n'avaient plus à se cacher ! Ne méritaient-elles pas mieux qu'un coup de téléphone par semaine et de rares visites volées ici et là ?

— Désolée, Clem. Je n'ai pas le choix.

— Tu viens de dire que tu n'avais aucun engagement…

— Non. Mais dès qu'on ne me voit pas pendant quelque temps, les spéculations vont bon train, expliqua Arrosa. L'année dernière, la grippe m'a clouée au lit. Eh bien, d'après les tabloïds, j'avais rejoint une secte, me faisais faire un lifting ou m'étais enfuie avec un soldat.

Rosy roula des yeux.

— Je sais que c'est idiot. Mais si les médias me trouvent, ils poseront des questions à ton sujet. Tu n'as pas besoin de ça. C'est plus sûr pour toi qu'on ne nous voie pas ensemble.

— Pourquoi te trouverait-on ? objecta Clem. Qui aurait l'idée de te chercher ici ?

Mais Rosy avait raison. Les journalistes la traquaient sans relâche. Depuis ses dix-huit ans, la presse avait les yeux braqués sur elle. Les jeunes et jolies princesses ne couraient pas les rues. Ses moindres faits et gestes étaient minutieusement décortiqués : ce qu'elle portait, ce qu'elle mangeait, à qui elle parlait, où elle allait… Malgré cela, personne en Cornouailles n'avait jamais fait le rapprochement entre l'enfant qui passait ses vacances chez les Beaumont et la princesse des Asturies. Certains amis et voisins continuaient même à lui demander des nouvelles de sa cousine. Rosy était si pâle ! Elle avait besoin d'une pause, loin de la Cour et de ses enjeux politiques. Un peu de recul l'aiderait à y voir plus clair. Épouser ce vicomte parce qu'il était un bon parti et lui avait rendu service était-il vraiment ce qu'elle voulait ?

Justement, une idée commençait à germer dans sa tête.

— Je pourrais prendre ta place, suggéra-t-elle, tâtant le terrain.

Arrosa s'esclaffa, avant de comprendre qu'elle était sérieuse.

— Enfin, Clem, personne ne pourrait te confondre avec moi !

— De près, non. Mais dans une voiture, coiffée et habillée comme toi, cachée derrière des lunettes de soleil… Qui fera la différence ? La force de l'habitude donne des œillères. On ne voit que ce qu'on veut bien voir.

Ce qui expliquait que personne n'ait jamais reconnu Arrosa au village.

— Nous faisons la même taille, avons la même silhouette et la même couleur de cheveux, continua-t-elle. Je suis actrice. Je peux imiter ta démarche et ton maintien. Tu passeras l'été ici à te relaxer pendant que moi, je veillerai à ce qu'on t'aperçoive assez souvent aux Asturies pour donner le change. Je parle sans arrêt de ma cousine. Nous n'aurons qu'à raconter que j'ai décroché un petit rôle dans un film et que tu viens garder mon chat. Plus tard, je dirai que j'ai été coupée au montage.

— Ça ne fonctionnera jamais, objecta Arrosa.

Mais derrière le doute perçait une note d'espoir à laquelle Clem s'accrocha.

— Si tu vivais au palais même, non, mais…

— Je possède ma propre villa sur les terres du palais d'Artega, compléta sa sœur. Je cuisine mes repas moi-même et les femmes de ménage ne passent qu'en mon absence. Seule Marie loge sur place en permanence. Elle et Henri devront être mis dans le secret. Clem… Ne crains-tu pas de te sentir seule ? Aucun domestique ne pourra te voir. Certains sont au palais depuis que je suis bébé. Comment vas-tu t'occuper ?

Se sentir seule ? Clem avait l'habitude depuis dix-huit mois.

— Oh ! je me ferai conduire à droite à gauche par Henri afin que la presse me voie déguisée en toi, répondit-elle. Le reste du temps, je m'habillerai normalement, laisserai mes cheveux au naturel et visiterai le pays incognito. J'en ai toujours rêvé.

Elle avait tant espéré que Zorien l'invite aux Asturies. En vain. Il jugeait cela trop risqué.

— Ce sera l'occasion pour moi de voir notre père, ajouta-t-elle. Personne ne s'étonnera qu'il rende visite à sa fille.

Clem ravala son amertume. Zorien était assez distant avec Arrosa aussi. Mais au moins ils avaient une vraie relation père-fille, qui ne se résumait pas à une visite guindée tous les dix ans. Bien que reconnaissante de son soutien financier, elle l'échangerait sans hésiter contre un père présent dans sa vie.

— Mais quel intérêt que je sois là si tu n'y es pas ? remarqua Arrosa.

— Eh bien déjà, Gus aura besoin d'être nourri, dit Clem en désignant son chat allongé devant la fenêtre. Profites-en pour oublier la princesse et être simplement toi. Balade-toi sur la plage. Va te baigner. Moi aussi, j'ai besoin de changer d'air et penser à l'avenir. Ça fait trop longtemps que je me contente de vivoter. Tu vois, tu me rendrais service en quelque sorte.

Arrosa esquissa un sourire indulgent.

— Comme si j'allais avaler ça, Clem.

— C'est la vérité, insista-t-elle. Nous avons toutes les deux besoin de recul sur nos vies. Alors pourquoi ne pas échanger nos places ? Ta mère est absente en ce moment, n'est-ce pas ?

Elle savait que Iara Artega délaissait souvent leur domaine de province au profit de la capitale ou de séjours à l'étranger.

— Oui, elle passe l'été à Ischia en Italie.

— Alors aucun danger.

La mère d'Arrosa était au courant pour Clem, mais elles ne s'étaient jamais rencontrées. Clem la soupçonnait de préférer que cela reste ainsi.

— À toi de voir, Rosy. Que choisis-tu ? Six semaines à

éviter Akil, fuir la presse et te ronger les sangs ? Ou un été de farniente à la mer à te goinfrer de scones ?

— Il faut avoir perdu la tête pour croire que ça puisse marcher.

Clem connaissait cette flamme dans les yeux de sa sœur. Rosy ne demandait qu'à être convaincue.

— Rien ne nous empêche de reprendre nos places respectives à tout moment…

Arrosa éclata de rire.

— Tu as réponse à tout. D'accord, faisons un essai d'une semaine et voyons ce que ça donne. Merci, Clem. Des vacances en Cornouailles, c'est exactement ce qu'il me faut. Peut-être as-tu besoin d'aller aux Asturies, toi aussi. À un été pas comme les autres, dit-elle en levant son verre.

Clem l'imita et trinqua avec elle.

— À l'échange des frangines !

2.

Akil entra dans l'opulent salon de réception. La simplicité qu'il affectionnait ne se trouvait nulle part au manoir ancestral des Ortiz. Marbre et dorures dominaient le décor. La valeur inestimable des meubles anciens ne les rendait pas plus confortables pour autant. Sur chaque mur s'alignaient des portraits d'ancêtres en perruque le toisant du haut de leurs cadres dorés. Comme s'ils le jugeaient sur le dilemme qui le préoccupait depuis sa dernière conversation avec Arrosa et le tour inattendu qu'elle avait pris.

Prince consort des Asturies. La perspective était séduisante. Mais sa situation actuelle n'était pas moins enviable : porte-parole de l'opposition à trente ans, en route pour devenir leader de son parti à quarante ans, soit une décennie avant son père. Et pourquoi pas Premier ministre si le déclin du parti conservateur se confirmait ? Alors il détiendrait le pouvoir pour lequel il était né. Mais, aux Asturies, la famille royale continuait à exercer une influence majeure. Rien ne se passait sans l'approbation de la Couronne. D'où son dilemme.

La future reine partageait ses idéaux. Ensemble, ils pourraient souffler un vent de changement sur le royaume. Celui dont les Asturies avaient besoin pour se moderniser et devenir plus qu'une destination de vacances originale coincée entre l'Espagne et la France. De plus, grâce à ce mariage, le sang des Ortiz coulerait dans les veines des futurs souverains. Son père n'hésiterait pas. Il lui conseillerait d'agir et demander officiellement la main de la princesse avant qu'elle ne change d'avis.

Mais ce n'était pas aussi simple. S'il appréciait Arrosa et admirait son intelligence, il ne la connaissait pas vraiment. Pas comme un homme devait connaître la femme qu'il envisageait d'épouser. Sa position l'obligeait à un choix stratégique. Sa mère l'avait appris à ses dépens : épouser un homme politique impliquait de nombreux sacrifices. Le mariage de ses parents avait été un conflit permanent. Akil espérait autre chose. Une relation harmonieuse, fondée sur l'entente et la compatibilité.

Les lourdes tentures de velours étaient tirées bien qu'il fût plus de midi. Seules une ou deux lampes éclairaient la pièce. Akil attendit que ses yeux s'ajustent à la faible lumière. Sa mère, étendue sur une méridienne, sourit tièdement lorsqu'il s'inclina devant la main qu'elle lui tendait.

— Tu ressembles de plus en plus à ton père.

Ce n'était pas un compliment. Akil pinça les lèvres et s'assit sur le tabouret à côté d'elle.

— Maman. Tu as l'air en forme.

— C'est gentil, mon chéri.

Son ton acide démentait ses paroles. Sa mère était une hypocondriaque patentée qui aimait se faire plaindre. Mais Akil avait vu trop de vrais malades dans les hôpitaux publics débordés où il aidait comme bénévole pour se prêter à son jeu.

— Je souffre de terribles migraines, en ce moment. Je pensais que tu le savais. Mais tu es si occupé… Ce genre de détail doit te passer au-dessus de la tête.

Elle poussa un soupir accablé. Sa signature pour ainsi dire, peaufinée sur plusieurs décennies.

Nerea Ortiz, la petite cinquantaine, avait conservé ses cheveux noirs et une silhouette élancée. Pas une ride ne marquait son visage. Mais elle se tenait alanguie, un châle sur les épaules, un caniche grassouillet couché à ses pieds.

Divers remèdes à base de plantes encombraient la table basse, autour d'une tasse d'infusion à demi bue et d'une assiette de fines gaufrettes. À portée de main se trouvait une bouteille d'eau – s'il s'agissait bien d'eau et non de gin. Sa mère avait quelque chose d'anachronique, comme tout droit surgie d'une autre époque.

— Navré de l'apprendre, répondit-il avec sa patience habituelle. Je suis là, maintenant. Tu as toute mon attention.

Akil s'obligea à rester une heure, avant de prétexter du travail et prendre congé. Alors qu'il quittait la pièce, une photo accrocha son regard. Sa mère à vingt ans, belle et souriante. Difficile de se rappeler qu'elle avait été cette jeune femme radieuse quand il était encore tout petit. Le mépris de son père avait peu à peu érodé sa joie de vivre. Sa santé était devenue son ultime rempart contre les critiques acerbes de son mari. Sous le déluge constant de reproches, elle s'était réfugiée dans les larmes, les maladies imaginaires…

Et la boisson, sa plus fidèle compagne.

Akil avait saisi toutes les occasions de s'éloigner du domaine ancestral des Ortiz, n'y mettant les pieds que lorsque son devoir l'y appelait. Désormais chef de famille, il était contraint d'y passer plus souvent. Mais rien au monde ne l'inciterait à revenir s'y installer. Ses murs renfermaient trop de mauvais souvenirs, encore imprégnés de la désillusion de son père. Le duc lui-même avait déserté les lieux. Depuis sa crise cardiaque huit ans plus tôt, il vivait dans leur villa familiale en Suisse. En bonne compagnie, semblait-il.

Akil soupira. Sa relation avec son père était complexe, oscillant entre aversion et culpabilité. Il éprouvait un inexplicable besoin de le rendre fier, tout en cherchant à le surpasser. À lui prouver qu'il était digne du nom qu'il portait. Son père l'avait toujours incité à conclure un mariage stratégique. « Ne te laisse pas tourner la tête par une jolie roturière, lui répétait-il souvent. Épouse une femme d'influence qui servira la cause familiale. »

Quel meilleur parti que la princesse héritière en personne ?

Son téléphone vibra dans sa poche. S'arrachant à ses réflexions, il sortit l'appareil et lut le nom sur l'écran. Elixane.

— Salut, quoi de neuf ? lança-t-il en dévalant les marches du perron.

Chaque pas qui l'éloignait de la maison le faisait se sentir plus léger, comme si un poids se soulevait de ses épaules. Il contourna sa voiture pour s'engager dans l'allée menant à un jardin secret. Son refuge préféré enfant.

— Je voulais te rappeler avant, mais j'étais surchargée de travail. Tout va bien ? s'enquit sa sœur.

Akil hésita. Il avait tenté de joindre Elixane juste après sa conversation avec Arrosa. Celle où elle lui avait proposé à demi-mot de l'épouser. Il avait ressenti le besoin d'en parler à quelqu'un. Mais plus les jours passaient, moins il était sûr de ce qui avait vraiment été dit.

— Oui. Je sors de chez maman.

— Comment l'as-tu trouvée ?

— Égale à elle-même.

Elixane soupira.

— Je ne sais plus quoi faire. J'ai bien essayé de lui parler de sa consommation d'alcool lors de ma dernière visite. Mais elle a fait semblant de ne pas comprendre. Et papa ?

— Idem, aux dernières nouvelles.

— Tu veux dire qu'il continue à se la couler douce avec ses *amies* pendant que tu concrétises ses ambitions à sa place ?

Sa sœur marquait un point.

— Il a failli mourir, Elie.

— Il y a huit ans. De ses propres excès.

— Une retraite anticipée était la meilleure solution.

— Pour qui ? répliqua Elixane. Pas pour toi. Dire qu'il a réussi à te faire culpabiliser au point que tu renonces à la médecine pour lui succéder…

— C'était *ma* décision, l'interrompit-il. Personne ne m'a obligé à quoi que ce soit.

— Mais c'est moi qui suis en internat de chirurgie à New York aujourd'hui.

— J'en suis heureux pour toi.

Il franchit l'arche végétale servant d'entrée au jardin. Sa tension se dissipa complètement à la vue des arbres fruitiers familiers au feuillage verdoyant et des pétales de fleurs tapissant le sol. Cet endroit avait le don de l'apaiser.

— Bravo, tu m'as cloué le bec, grogna Elixane. Peut-être es-tu fait pour la politique, tout compte fait. Tu as toujours le dernier mot.

— Pas toujours, la détrompa Akil. La princesse et moi avons eu une discussion intéressante, l'autre jour, à laquelle je n'ai pas su quoi répondre. Il semble qu'on la pousse à se marier.

— Pauvre Arrosa. Je n'ose imaginer.

Elixane avait le même âge que la princesse. Les deux jeunes femmes étaient en bons termes malgré les rivalités entre leurs familles.

— Tu sièges au Sénat. Tu sais comment sont ces vieux barbons avec leurs convictions arriérées qu'une femme doit être guidée par un homme. Je la plains. Leur tenir tête ne sera pas une mince affaire.

— Elle le sait. Ça ne l'effraye pas. Mais je crois qu'elle préférerait ne pas avoir à le faire seule. Elle…

Il se racla la gorge, conscient de l'énormité de ce qu'il s'apprêtait à dire.

— Elle m'a demandé ce que je penserais d'être prince consort.

— *Quoi ?* Elle t'a demandé en mariage ? Toi ?

La voix stridente de sa sœur faillit lui crever le tympan.

— J'ignorais que vous étiez aussi proches !

— Ce n'est pas le cas, réfuta Akil. Et non, elle n'a rien proposé d'aussi officiel. Je crois plutôt qu'elle prenait la température.

— Que lui as-tu répondu ? « Je suis flatté, mais non merci » ?

— Je n'ai rien répondu du tout.

Il n'en avait pas eu le temps. Arrosa était devenue rouge pivoine, avant de bredouiller une excuse et prendre la fuite.

— Mon frère, un prince… Tu peux être sûr que papa serait de retour dans la journée. S'il te plaît, laisse-moi être là quand tu lui annonceras que tu as décliné de faire partie de la famille royale.

Akil garda le silence.

— Tu vas dire non, n'est-ce pas ? insista Elixane.

— Je ne sais pas encore. L'idée mérite réflexion.

— Vous n'êtes pas amoureux, Akil. Tu la connais à peine !

— Nous nous voyons plus souvent, ces derniers temps. Je l'apprécie et la respecte. L'amour ne garantit pas un mariage heureux.

— Non, mais ça aide, rétorqua sa sœur. Ne laisse pas celui de nos parents influencer ta décision. Entre eux, ce n'était que de l'attirance physique. Pas de l'amour.

— L'un ou l'autre, peu importe. La leçon à retenir est qu'ils n'étaient pas compatibles. Je ne commettrai pas la même erreur, décréta Akil.

Aucun enfant ne méritait de grandir au sein d'un mariage délétère.

— Si je me marie, j'aurai besoin d'une femme habituée à la politique. Quelqu'un d'intelligent et diplomate qui partage mes objectifs. Pourquoi pas Arrosa ? Passer du Parlement à la Cour nécessitera un temps d'adaptation. Mais ensemble, nous pourrions accomplir de grandes choses.

— À quel prix ?

— Le pouvoir a toujours un prix, Elie. À moi de choisir ce que je suis prêt à sacrifier.

— Je n'ai pas revu Arrosa depuis des années, reprit Elixane après une longue pause. Nous nous entendions bien, sans pour autant être proches. À vrai dire, elle ne semble proche de personne. Mais je l'appréciais. C'était une chic fille.

— Elle l'est toujours, déclara Akil.

— Et ça te suffit ?

— Ce n'est déjà pas mal, non ? Le gouvernement a besoin de surmonter ses vieilles rivalités. Arrosa et moi voulons tous les deux une démocratie moderne.

— Et un mariage de convenance serait la solution ? On est au XXIe siècle, Akil.

Le scepticisme de sa sœur le fit sourire.

— Le reste de l'Europe, peut-être. Mais tu sais aussi bien que moi que ce pays est largement à la traîne.

— Tu veux mon avis ?

— Je me le demande…

— Le mieux serait de refuser, déclara Elixane. Mais si tu persistes dans cette voie, apprends à la connaître. Ne décide rien avant d'avoir passé du temps avec la femme et non la princesse. Assure-toi que vous soyez capables de faire fonctionner ce mariage.

Une abeille bourdonna autour d'Akil. Il la regarda voleter de rose en rose tandis qu'il réfléchissait au conseil de sa sœur. Il ne savait que penser de l'étonnante proposition d'Arrosa. Était-elle vraiment sérieuse ? La côtoyer en dehors du cadre politique serait une bonne façon de découvrir s'ils avaient des atomes crochus.

— Tu as peut-être raison…

— Bien sûr que j'ai raison ! Même si vous n'êtes pas amoureux, le minimum serait de savoir si vous arrivez à vous supporter.

Les mots d'Elixane planèrent au bout du fil. Un bip insistant lui rappela son prochain rendez-vous.

— Désolé, je dois y aller. Merci du conseil.

— Appelle-moi en cas de besoin.

Akil rangea son portable. Cela l'ennuyait de l'admettre, mais sa sœur avait raison. Si Arrosa pensait ce qu'elle lui avait dit, il devait être sûr qu'une relation sereine était possible entre eux. Le mariage de ses parents était l'exemple même du scénario catastrophe : passion éphémère, rancœur et dépit. Lui aspirait à autre chose. Compatibilité et respect mutuel passaient avant tout. Assez réfléchi. Le moment était venu de tirer les choses au clair avec Arrosa.

Avant de quitter le palais d'Ortiz, il annula tous ses rendez-vous de la journée. Puis direction le domaine Artega. Peut-être aurait-il dû prévenir Arrosa qu'il était en route. Même une figure connue de la politique collaborant étroitement avec la princesse ne pouvait se présenter à la résidence royale sans invitation. Mais si Arrosa et lui devaient parler mariage, ne pouvaient-ils s'épargner tous ses chichis inutiles ? Depuis quand un futur fiancé devait-il prendre rendez-vous pour voir sa promise ?

Akil était venu si souvent chez les Artega que les gardes lui ouvrirent le portail sans poser de question. Il aurait pu suivre les yeux fermés l'allée bordée d'arbres conduisant au palais, spectaculaire avec ses hauts murs de pierre et ses tourelles de conte de fées. Le chemin continuait ensuite vers la résidence privée d'Arrosa un demi-kilomètre plus loin. Alors qu'il se garait devant l'élégante demeure du XIXe siècle, le doute le gagna. L'entrevue qu'il s'apprêtait à avoir allait décider de son destin. Quelle issue en attendait-il vraiment ?

La villa se dressait dans un cadre idyllique : au bord d'un lac, entourée de vergers et de jardins fleuris. Malgré l'atmosphère bucolique, Akil savait qu'au moins un agent des services secrets se cachait quelque part, et que des caméras installées un peu partout transmettaient ses moindres faits et gestes aux gardes de l'entrée. De quoi donner à réfléchir. Lui aussi vivait entouré d'une sécurité renforcée. Il avait également fait partie des forces spéciales durant son service militaire. Mais jamais il n'avait été surveillé vingt-quatre heures sur vingt-quatre, sept jours sur sept. Il éprouva un élan de sympathie pour la princesse. Jamais seule, aucune intimité. Sous pression au point de suggérer le mariage au premier homme pouvant faire l'affaire.

Akil marcha vers la porte d'entrée et frappa. En général, Arrosa elle-même ou Marie, sa gouvernante, venaient lui ouvrir. Arrosa n'avait aucun domestique à domicile. Elle menait une vie étonnamment autonome pour son rang. Outre son personnel à la Cour, elle n'était entourée que de deux employés permanents : Marie et Henri, son garde du corps.

Il attendit un instant, mais personne ne vint. Plusieurs fenêtres étaient pourtant ouvertes et de la musique s'en échappait. Lorsque son second coup resta sans réponse, il fit le tour de la villa. Les jardins en terrasses dévalaient vers le lac jusqu'à un petit hangar à bateaux. Arrosa était bien là. Elle lui tournait le dos, assise sur la jetée, ses cheveux noirs lâchés en une crinière sauvage qu'il ne lui avait jamais vue.

Elle ne se retourna pas lorsqu'il s'approcha. Peut-être ne l'avait-elle pas entendu ?

— Arrosa ? appela-t-il doucement.

La jeune femme se raidit.

— J'ai frappé, mais personne n'a répondu. Désolé de m'inviter à l'improviste.

Son instinct lui soufflait que quelque chose clochait. Il ressentait un étrange malaise, sans comprendre pourquoi.

— Ce que j'avais à te dire ne pouvait pas attendre, continua-t-il. Sache que c'est un plaisir de travailler avec toi. Quoi qu'il arrive, j'espère que nous poursuivrons notre collaboration dans les années à venir. J'apprécie aussi ta compagnie et ose croire que tu vois en moi un ami digne de confiance.

Arrosa garda le silence, parfaitement immobile. Son langage corporel laissait Akil perplexe. Elle lui faisait l'effet d'une proie à l'affût du meilleur moment pour fuir son prédateur.

— Mais un mariage ne se contracte pas à la légère, persévéra-t-il. Si tu ne pensais pas ce que tu as dit l'autre jour, si j'ai mal interprété tes intentions ou si tu as changé d'avis, tu n'as qu'un mot à dire. Je m'en irai et le sujet sera clos. Mais si tu étais sérieuse, alors je crois que nous devrions apprendre à mieux nous connaître en dehors de nos fonctions respectives afin de mesurer si nous sommes compatibles.

Arrosa ne bougea toujours pas. Akil attendait, dans l'expectative, conscient de la tension dans l'air. Une éternité parut s'écouler.

— Merci, dit-elle enfin.

Bizarre. Sa voix était plus grave que d'habitude. Son accent, imperceptiblement différent.

— Mais le moment est mal choisi. Pourrions-nous reprendre cette discussion une autre fois ?

Akil fronça les sourcils. Non, décidément, quelque chose n'allait pas. Était-elle malade ? Contrariée ? En colère ? Il ne partirait pas sans être certain qu'elle aille bien. Princesse ou non, elle restait avant tout un être humain, sans grand monde à qui se confier. Il était sincère en disant vouloir être son ami.

D'un pas déterminé, il s'avança sur la jetée et s'accroupit près d'elle.

— Arrosa ? Y a-t-il un problème ?

Une main sur son épaule, il la fit pivoter gentiment. Elle avait le même teint olivâtre. Les mêmes yeux noisette, quoique légèrement plus clairs et tirant sur le vert. Les mêmes lèvres charnues. La ressemblance allait jusqu'à la subtile déviation du nez qui donnait du caractère à ce visage d'une beauté classique. Mais cette femme n'était pas Arrosa.

Sa main retomba comme il bondissait en arrière.

— Qui êtes-vous ? Que faites-vous là ? Et où est la princesse ?

3.

Clem resta pétrifiée. Ce n'était pas dans le scénario ! Elle avait l'habitude d'improviser, mais là… Quel rôle était-elle censée jouer ?

Vingt-quatre heures plus tôt, elle était encore Juliette dans la pièce de son village, sans aucun projet après cela. Puis tout s'était emballé. Elle avait à peine eu le temps de donner ses instructions à Arrosa qu'elle était en route pour l'aérodrome où l'attendait le jet privé de sa sœur. Il était minuit passé lorsqu'elle était arrivée au palais d'Artega, d'où Henri l'avait conduite à la résidence particulière d'Arrosa, splendide demeure ancienne en bordure d'un lac. Clem s'était endormie sitôt la tête sur l'oreiller. Aspirée dans un véritable tourbillon, elle n'avait pas eu l'occasion de réfléchir aux tenants et aboutissants de cette folle aventure.

Jusqu'à maintenant.

Akil d'Ortiz venait de compliquer une situation déjà délicate. Qui faisait irruption chez les gens sans y être invité ? Surtout chez une princesse !

Le cœur battant, elle se leva et épousseta sa robe, avant de faire face à Akil. *Seigneur…* La photo que lui avait montrée Arrosa ne lui rendait pas justice. Clem avait été formée dans l'une des plus prestigieuses écoles de théâtre du Royaume-Uni, qui comptait de nombreux élèves au physique avantageux. Certains étaient devenus de véritables sex-symbols au cinéma. Mais même les plus séduisants d'entre eux n'arrivaient pas à la cheville de l'aristocrate asturien : grand, large d'épaules, avec des cheveux noirs plaqués en arrière, un nez aquilin et des yeux brun profond, d'une beauté ténébreuse à mille lieues du jeune premier. Son corps athlétique était mis en valeur dans un costume bleu marine sur mesure, complété d'une chemise blanche faisant ressortir son teint mat. Une vague de chaleur submergea Clem.

Ressaisis-toi, bon sang !

— Vous devez être le vicomte d'Ortiz ? Navrée, mais Arrosa n'est pas là.

— C'est ce que je vois.

Le vicomte la dévisagea avec méfiance.

— Quand sera-t-elle de retour ?

— Pas dans l'immédiat. Je m'occupe de la maison en son absence.

Bravo, Clem. Très plausible. Comme si une princesse entourée de domestiques avait besoin de quelqu'un pour cela ! Akil d'Ortiz plissa des yeux soupçonneux.

— J'avais besoin d'un toit pour quelque temps, ajouta-t-elle. Arrosa me rend service.

— Et vous êtes ?

— Clem. Clémence Beaumont.

Quel mal y avait-il à lui donner son vrai nom ? Rien ne la reliait à son père et sa sœur. S'il faisait des recherches sur Internet, tout ce qu'il trouverait serait quelques critiques de pièces, son profil sur le site de son agent et la notice nécrologique de sa mère.

— Je dirai à Arrosa que vous êtes passé. Sauf si vous préférez l'en informer vous-même, bien sûr.

— Elle ne m'a pas prévenu qu'elle partait en voyage, fit remarquer Akil.

— Oh ! ça s'est décidé sur un coup de tête. Elle ne tient pas à ce que ça se sache, alors je vous serais reconnaissante de garder le secret.

Elle avança d'un pas. Mais Akil ne bougea pas. À moins de plonger dans le lac, impossible de le dépasser sans le frôler.

— Désolée que vous vous soyez déplacé pour rien. Je vous aurais bien offert un café, mais je dois vraiment y aller, dit-elle d'un ton appuyé.

Si seulement c'était vrai. Maintenant qu'elle était là, elle tournait en rond. Arrosa avait promis de prévenir leur père de son arrivée au domaine et Clem avait hâte d'avoir de ses nouvelles. En attendant, elle avait découvert qu'Arrosa ne possédait pas sa propre voiture, ce qui contrariait ses projets d'explorer les Asturies. Henri la conduisait partout en limousine. Pas idéal pour jouer les touristes anonymes quand elle ne se ferait pas passer pour sa sœur. La villa était agréable, mais elle n'allait pas rester là à se morfondre pendant six semaines ! Cela, elle le faisait déjà très bien en Cornouailles.

— Comment connaissez-vous Arrosa ?

Akil ne semblait pas décidé à lâcher l'affaire. Peut-être était-ce un bon point, cette volonté de protéger Rosy. Mais elle avait déjà un garde du corps pour cela.

— Aucune importance, éluda Clem. Si vous voulez bien m'excuser…

Il finit par s'écarter pour la laisser passer, ce qu'elle s'empressa de faire.

— Je ne vous raccompagne pas. Vous connaissez le chemin.

Elle s'éloigna sans se retourner. Mais elle sentait son regard dans son dos, comme s'il cherchait à percer son secret.

Les jardins se découpaient en trois terrasses. Près du lac s'étendaient des pelouses impeccablement entretenues. Puis quelques marches menaient à un champ de fleurs miniature où butinaient abeilles et papillons. Enfin, la troisième terrasse était aménagée en salon extérieur à l'ombre de grands arbres en pots. Clem eut l'impression de mettre une éternité à atteindre la villa. Elle allait franchir la porte-fenêtre quand la voix d'Akil l'arrêta.

— Attendez.

À contrecœur, elle se retourna. Le vicomte l'avait suivie, les poings serrés.

— Dites-moi au moins si elle va bien.

S'inquiétait-il pour sa sœur elle-même ? Ou ne songeait-il qu'au pouvoir qu'elle pouvait lui donner ? Arrosa l'avait décrit comme quelqu'un de bien. Elle était douée pour cerner les gens, un talent indispensable dans sa position. Du reste, les mots d'Akil au lac l'avaient rassurée. Même si elle espérait mieux pour Rosy qu'un mariage diplomatique, le vicomte d'Ortiz ne semblait du genre à profiter d'elle.

— Oui. Tout va bien, assura Clem.

— Y a-t-il quoi que ce soit que je puisse faire ? demanda Akil. L'autre jour, elle m'a donné l'impression d'avoir besoin d'un ami. J'espère qu'elle sait qu'elle peut compter sur moi en cas de problème.

Poser cette question semblait lui en coûter. Elle était une étrangère, devant laquelle il s'était déjà rendu vulnérable par inadvertance. La situation avait besoin d'être rééquilibrée. Et puis, Rosy avait beau ne pas être amoureuse de lui, elle le tenait en assez haute estime pour envisager de lui confier son bonheur futur. C'était une occasion en or d'évaluer s'il en était digne.

— J'ai peut-être le temps pour un café, tout compte fait.

Clem n'avait pas encore trouvé ses marques dans la cuisine dernier cri de sa sœur et mit un peu de temps à tout préparer. Enfin, elle regagna le salon extérieur avec ce qu'il fallait. Akil était resté debout malgré son invitation à s'asseoir. Il vint à sa rencontre et la soulagea du lourd plateau qu'il posa sur la table. Clem s'empara de la cafetière. Elle avait bien besoin d'une dose de caféine.

Il y avait quelque chose d'étrangement intime à s'asseoir ainsi en face de quelqu'un, lui demander comment il prenait son café, le servir et ajouter un nuage de lait. Mais ce rituel instaurait aussi une distance en soulignant qu'ils étaient deux parfaits inconnus l'un pour l'autre. Clem, cependant, avait l'avantage : elle savait qui était Akil, alors que lui ignorait tout d'elle.

Il posa sa tasse sans y toucher, l'air préoccupé.

— J'ai vu Arrosa il y a deux jours. Elle n'a pas parlé de partir en voyage. À deux mois de la ratification, ce n'est pas le moment de disparaître. Que se passe-t-il ?

Clem soutint son regard sans ciller.

— Une fois nommée officiellement héritière du trône, de quelle liberté jouira-t-elle ? Déjà maintenant, elle vit sous surveillance constante et n'a que peu d'intimité. La sécurité d'une future reine sera encore renforcée. C'est peut-être sa dernière chance de profiter d'une escapade.

Akil hocha la tête.

— Mais ça n'explique pas qui vous êtes, ni ce que vous faites ici, mademoiselle Beaumont. Arrosa ne m'a jamais parlé de vous.

— Arrosa connaît-elle tous vos amis ? répliqua Clem, feignant l'innocence.

Réplique qui lui valut un froncement de sourcils impatient.

— La ressemblance entre vous est frappante. Trop pour être une coïncidence. Vous devez être de sa famille, quoique Beaumont ne soit pas un nom asturien. Je connais toutes ses cousines de son âge et vous n'en faites pas partie.

— Je vois que j'ai affaire à un généalogiste.

À sa surprise, Akil éclata de rire. Tout son visage s'éclaira, ce qui le rendait plus accessible – et dangereusement attirant.

— Les Asturies sont un petit pays. Tout le monde se connaît. Et comme je ne vous ai jamais vue avant, je m'interroge. Pourquoi le quasi-sosie de la princesse occupe-t-il sa maison juste au moment où elle disparaît sans prévenir ?

— Vous avez une imagination débordante. Vous devriez écrire des romans policiers.

Clem sirota son café en souriant.

— Mais il n'y a aucune énigme ici. Contactez Arrosa. Elle vous dira elle-même ce qu'il en est.

— C'est curieux qu'elle se volatilise juste après notre conversation…

Il s'interrompit net. Sans doute croyait-il en avoir trop dit. Mais il était un peu tard pour feindre l'ignorance sur l'éventuelle union entre lui et sa sœur.

— Écoutez, je ne peux pas faire semblant de ne pas vous avoir entendu tout à l'heure, dit Clem en posant sa tasse. Je suis au courant. Mais je ne vous dirai ni où elle est, ni pourquoi. C'est personnel. Si vous voulez en savoir plus, appelez-la. Quant à moi, je suis ici pour lui permettre de souffler. Comme vous l'avez souligné, nous nous ressemblons. De loin, à travers la vitre d'une voiture, n'importe qui me confondrait avec elle. Si je me montre habillée en princesse deux ou trois fois par semaine, personne ne se posera de questions. Je lui offre les vacances dont elle a besoin. Inutile de vous faire des idées.

Sans la quitter des yeux, Akil sortit son téléphone et dicta un bref message.

Arrosa, je suis chez vous avec Clem. Est-ce que tout va bien ?

Il rangea son portable.

— D'accord, ça explique pourquoi vous êtes là. Mais je ne sais toujours pas qui vous êtes, ni si je peux vous faire confiance.

— Arrosa a confiance en moi. N'est-ce pas suffisant ?

— Pas quand vous en savez autant sur ma vie privée.

Il croisa les bras sur son torse.

— À mon tour de résumer ce que je sais. Un, votre ressemblance prouve qu'Arrosa et vous êtes de la même famille. Deux, elle n'a jamais parlé de vous, mais vous connaissez tout d'elle. Trois, vous n'êtes pas des Asturies.

Vous parlez bien la langue, mais avec une pointe d'accent. Ni français ni espagnol. Je dirais anglais. Alors que fait une Anglaise aux Asturies à se faire passer pour la princesse ?

— Je suis actrice, répondit Clem.

— C'est donc un contrat en bonne et due forme ? Signé par le roi lui-même ?

— Plutôt un arrangement officieux.

— Donnez-moi une seule bonne raison de ne pas alerter la Sécurité.

Il ne bluffait pas, à en juger par son regard implacable. Clem poussa un soupir. Elle n'avait plus le choix.

— Je suis la demi-sœur d'Arrosa. Personne aux Asturies ne doit être au courant. Satisfait ?

Akil demeura interdit. Avait-il bien entendu ?

— Sa *demi-sœur* ?

Il savait que le roi et la reine vivaient chacun de leur côté depuis longtemps. Mais aucune rumeur n'avait jamais circulé sur une quelconque liaison. Encore moins un autre enfant. Impossible, cependant, d'ignorer la ressemblance entre Clem et Arrosa. Qu'elles soient sœurs était l'explication la plus plausible. Comment avait-on réussi à étouffer pareil scandale aussi longtemps ? Qui d'autre savait ?

— Je suis née six mois avant Rosy, précisa la jeune femme. Mon existence n'est connue que d'une poignée de gens.

Elle lui lança un regard implorant.

— S'il vous plaît, n'en parlez à personne ! Si la vérité se savait, c'est Rosy qui payerait les pots cassés, même si elle n'y est pour rien. Vous savez combien les prochains mois sont cruciaux. C'était sans doute trop risqué d'échanger nos places. Mais Rosy mène une vie si rangée en dehors de la Cour… Je pensais que personne ne s'en rendrait compte si je restais à la villa et ne sortais qu'incognito. Et voilà le résultat. Je n'aurai même pas tenu vingt-quatre heures.

Akil se laissa aller contre le dossier de son siège. Clem n'avait pas tort. Si son existence s'ébruitait, le scandale risquait de compromettre la ratification de la nouvelle loi. Les mentalités évoluaient lentement aux Asturies. Le consensus était loin d'être acquis et l'opinion publique restait divisée, surtout chez les anciennes générations. Mais Clem avait aussi raison sur le fait qu'Arrosa ait besoin d'un répit. Elle avait maigri ces derniers mois et semblait surmenée. Son offre de mariage avait été motivée par un besoin de soutien plus que par des sentiments profonds, il en était convaincu. Prendre du recul était la bonne décision. S'il ne s'était pas présenté à l'improviste, qui sait si le subterfuge n'aurait pas fonctionné ?

— Je tiendrai ma langue, promit-il. Mais comment est-ce possible ? Si vous êtes née six mois avant Arrosa, alors Zorien est votre père. Qui est votre mère ?

Il n'avait pas pour habitude d'être indiscret. Ce secret royal l'intriguait au point de lui faire oublier ses manières.

Clem baissa les yeux.

— Ce n'est pas facile pour moi, vous savez. Je n'ai jamais dit à personne qui j'étais, pas même à mes ex ou à ma meilleure amie. Chez moi, les gens pensent que Rosy est ma cousine. En parler me donne l'impression d'enfreindre une loi.

— Vous n'êtes pas obligée si vous ne le souhaitez pas, assura Akil.

Elle lui adressa un sourire de gratitude.

— Je sais. Mais d'une certaine façon, j'aime autant. Je ne voudrais pas que vous ayez une mauvaise opinion de ma mère, ou même de mon père. Il n'a pas vraiment été là pour moi, mais je comprends la difficulté de sa position. Il a voulu que Rosy et moi soyons de vraies sœurs. Je lui en suis reconnaissante.

Akil effectua un rapide calcul mental.

— Arrosa est née un an après le mariage de Zorien et Iara. Vous auriez donc été conçue trois mois plus tôt ?

Clem opina.

— Le mariage de Zorien a été précipité par l'abdication de son père suite à ses ennuis de santé. Il existait un accord informel entre les deux familles. Mais Zorien n'était pas techniquement fiancé à Iara au moment où il sortait avec ma mère. C'est un détail, bien sûr, puisque le mariage était bel et bien en projet. Mon père est un mufle, mais pas totalement.

Sa sincérité ne faisait aucun doute. Il semblait important pour elle qu'il la croie. Comme si elle en avait besoin pour y croire aussi. Akil ne s'était jamais posé de questions sur le mariage du roi et la façon dont il avait été arrangé. Mais toute décision politique aux Asturies était un calcul à long terme. L'union désastreuse de ses parents représentait l'exception confirmant la règle.

— La reine Iara est issue d'une famille de vieille noblesse liée à la royauté européenne des deux côtés. Le mariage était populaire auprès du peuple, se remémora Akil. C'était un choix politique judicieux qui, dans l'ensemble, a porté ses fruits. Iara est une bonne reine malgré son penchant pour les longues retraites à l'étranger. Elle est respectée, à défaut d'être véritablement aimée.

— D'après ce que je sais, ils vivent séparés, mais présentent un front uni en public, raconta Clem. Ce n'était pas un mariage d'amour, ni pour l'un, ni pour l'autre. La famille de Iara voulait qu'elle devienne reine et l'idée lui plaisait aussi. Quant à Zorien, il savait qu'un bon mariage consoliderait sa position. Un accord a donc été conclu. Mais avant les fiançailles officielles, on a accordé à mon père une année sabbatique pour aller étudier à la Sorbonne. C'est là-bas qu'il a rencontré ma mère. Ils sont tombés amoureux.

Sa voix se teinta de nostalgie.

— Il lui a dit la vérité quand la santé de son père s'est dégradée et que la Cour a décidé de hâter les fiançailles.

Au moment de se quitter, ni l'un ni l'autre ne savait que ma mère était enceinte. Lorsqu'elle l'a découvert, le mariage était imminent et l'abdication planifiée. Un autre homme aurait peut-être rompu ses fiançailles pour épouser ma mère en dépit du scandale. Mais Zorien a choisi son pays. Il s'est marié et a fait en sorte que personne n'apprenne notre existence, à ma mère et moi.

— Cela a dû être difficile pour vous deux.

Et pourtant, elle était là. Prête à prendre la place de sa sœur pour la soulager. Sa force et sa générosité inspiraient le respect. Elle était aussi extrêmement séduisante. Un constat qui ne laissait pas de dérouter Akil. Oui, elle ressemblait à Arrosa. Mais sa beauté avait un piquant qui la rendait unique, désirable comme la princesse ne l'avait jamais été à ses yeux. Non qu'il fût en droit de la désirer.

— Ma mère n'était pas du genre à s'apitoyer sur elle-même, dit Clem.

Il nota le temps passé et les larmes refoulées d'un battement de cils.

— Elle s'est installée en Cornouailles où je suis née et a pris un poste d'enseignante, bien que Zorien nous ait toujours soutenues sur le plan financier. Elle ne s'est jamais mariée. Ce n'était pas les prétendants qui manquaient. Mais, pour autant que je sache, elle n'a eu aucune autre relation sérieuse. Elle est devenue une fervente militante, jamais plus heureuse que lorsqu'elle dirigeait la pièce du village ou organisait une nouvelle manifestation. Pour être honnête, je doute qu'être reine lui aurait convenu. Elle exprimait haut et fort ses opinions et fonçait bille en tête. La diplomatie n'était pas son fort.

— Comment vous et Arrosa vous êtes-vous connues ? demanda Akil.

— Apparemment, Zorien a parlé de ma mère et de sa grossesse à Iara avant leur mariage. Quand il est devenu clair qu'Arrosa serait leur seul enfant, elle a accepté que nous nous rencontrions. Très vite, Rosy a pris l'habitude de venir chez nous, incognito bien sûr, pendant les vacances. Elle savourait la liberté de faire des choses normales. Surfer, jouer au bowling, manger des frites sur la plage… Se salir sans besoin d'être toujours tirée à quatre épingles. Nous avons passé des étés inoubliables ensemble. Nous nous voyons beaucoup moins aujourd'hui, mais continuons à nous parler au téléphone chaque semaine. Rosy est ma sœur et ma meilleure amie. Son bonheur compte plus que tout pour moi.

Elle planta les yeux dans les siens.

— C'est pourquoi je me réjouis que vous et moi ayons eu l'occasion de discuter.

Le message était limpide.

— Elle vous a parlé de sa proposition de mariage ?

— Oui. C'est la raison pour laquelle je l'ai incitée à rester en Cornouailles. Votre vie privée ne regarde que vous. Mais elle était trop fragile en ce moment pour prendre une telle décision. J'espère que vous respecterez son besoin d'éloignement. Le mariage de ses parents relevait davantage de l'alliance politique. Ce qu'elle m'en a décrit n'est pas pour me rassurer. Rosy mérite mieux que ça.

— Je comprends.

Akil admirait la détermination de Clem à défendre les intérêts d'Arrosa. Il avait cru la princesse seule et sans soutien. Mais comment pourrait-elle l'être avec une telle sœur à ses côtés ?

Il repoussa sa chaise et se leva.

— J'ai été ravi de vous rencontrer, Clem. Merci de m'avoir confié votre secret. Soyez sans crainte, il sera bien gardé. Quels sont vos projets pour les semaines à venir ?

La jeune femme se mordit la lèvre.

— Bonne question. C'est mon premier séjour aux Asturies. J'avais espéré visiter le pays, mais Rosy n'a pas de voiture et la limousine ne passe pas vraiment inaperçu. Je ne peux pas non plus appeler un taxi. Tout le monde sait qu'Arrosa vit ici et ne sort jamais seule. Quitter le domaine se révèle un défi plus épineux que prévu. Enfin, je finirai bien par trouver un moyen.

Akil compatissait, mais cela ne le concernait pas. Mieux valait éviter de se retrouver mêlé aux histoires de la fille illégitime du roi. Mais le sourire de Clem cachait mal sa déception. C'était vraiment dommage qu'elle ne puisse explorer le pays sur lequel régnait son père et dont sa sœur hériterait un jour.

— J'ai libéré ma journée. Nous pourrions sortir quelque part cet après-midi si ça vous tente, se surprit-il à suggérer. Avec les cheveux relevés et une paire de lunettes de soleil, les gardes vous prendront pour Arrosa. Ce ne serait pas la première fois que je l'emmène en ville pour affaires. Mon entraînement dans les forces spéciales m'en donne l'autorisation. Une fois à l'extérieur, ça devrait aller. Vous ne ressemblez pas à votre sœur au point qu'on vous confonde avec elle de près, surtout en tenue de tous les jours.

Un timide espoir éclaira ses yeux noisette.

— C'est gentil. Mais vous avez mieux à faire que jouer les guides touristiques…

— Puisque je vous le propose. À vous de choisir, Clem. Partir à l'aventure ou regarder les mouches voler ?

Le rire mélodieux de la jeune femme ajoutait encore à son charme.

— Dit comme ça… Merci, ce sera avec plaisir. Donnez-moi juste cinq minutes pour me préparer.

— Prenez tout le temps qu'il vous faut.

Akil se réjouissait qu'elle ait accepté son offre. Un frisson d'adrénaline le parcourut à l'idée de passer l'après-midi avec la jeune Anglaise. Il l'ignora. Il ne faisait que rendre service à la sœur d'une amie. Rien de plus.

4.

Clem était excitée comme une puce en fouillant dans les affaires d'Arrosa. Elle sélectionna une grande paire de lunettes de soleil, un chapeau à larges bords et un foulard coloré. Le déguisement idéal, facile à enlever dès qu'elle aurait quitté le domaine. Puis elle choisit un sac à main et y glissa ses propres lunettes de soleil, son téléphone, ainsi que son portefeuille.

— Prête ! lança-t-elle en rejoignant Akil sur la terrasse.

Elle le trouva penché sur son portable. Lorsqu'il leva la tête, son sourire approbateur fit voler des papillons dans son ventre.

— Cinq minutes, pas une de plus. Je suis impressionné.

— Se changer en vitesse fait partie du métier d'acteur, expliqua Clem.

— Quand ma sœur dit « cinq minutes », ça veut dire une demi-heure, plaisanta Akil.

— Vous avez une sœur ?

— Oui, Elixane. Elle est interne en chirurgie à New York.

Une ombre traversa ses yeux, si fugitive qu'elle crut l'avoir imaginée.

— Elle projette de devenir ministre de la Santé aux Asturies, un jour.

— Une femme d'ambition. J'applaudis.

Clem envoya un message à Marie et Henri les informant de ses projets, avant de suivre Akil jusqu'à sa voiture. Elle émit un sifflement en découvrant le cabriolet deux places d'un élégant bleu métallisé.

— Waouh ! Quelle classe ! Est-ce qu'on peut baisser la capote ?

— Bien sûr.

— Mais peut-être après avoir passé le portail. Imaginez que mon chapeau s'envole juste à ce moment-là…

Akil lui ouvrit la portière et Clem prit place sur le confortable siège en cuir. Pareille voiture avait tout de l'accessoire de play-boy. Mais quand le vicomte démarra, le moteur ronronna entre ses mains expertes. À l'évidence, il prenait un réel plaisir à conduire. Clem l'observa à la dérobée. Il fixait la route, le visage concentré derrière ses lunettes de soleil, les manches retroussées sur ses bras musclés. Son cœur s'emballa. Comment était-ce possible d'être aussi séduisant ?

Sa visite inopinée à la villa aurait pu tourner au désastre. Au lieu de quoi, elle se révélait une aubaine. Elle offrait à Clem une chance non seulement de sortir, mais aussi de sonder qui était Akil au-delà de son physique et de sa carrière politique. Que pensait-il vraiment de la proposition d'Arrosa ? Était-il digne de sa sœur ?

Elle se crispa comme ils approchaient du portail. Akil sourit, de ce sourire qui lui donnait le tournis.

— Détendez-vous. Tout ira bien.

En effet, les gardes à l'entrée saluèrent et les laissèrent passer sans rien demander. Quelques secondes plus tard, ils s'éloignaient du palais à pleine vitesse. Clem se débarrassa du chapeau et troqua les lunettes de créateur d'Arrosa contre sa propre paire plus rétro.

— Où allons-nous ? s'enquit-elle.

— C'est une surprise, répondit Akil. Sauf si vous préférez que je vous le dise ?

Elle ne connaissait rien des Asturies. Tout était nouveau. Et elle voulait tout voir.

— Je vous fais confiance. Surprenez-moi.

Akil appuya sur un bouton et le toit s'escamota. Cheveux au vent, Clem dévorait le paysage des yeux. Elle avait regardé tant de photos et lu tant de livres. Elle avait vu tous les films qu'elle avait pu trouver dont l'action se déroulait aux Asturies. Et maintenant, elle y était ! Pour de vrai !

Le pays était à couper le souffle, véritable écrin de verdure sauvage. Même les bas-côtés étaient fleuris ! Elle inspira l'air brûlant à pleins poumons, telle un natif de retour après un long exil. Les Asturies avaient du retard dans certains domaines. Mais il en résultait une nature relativement préservée dont la biodiversité attirait de plus en plus d'amateurs de tourisme vert. Au loin, champs et collines cédaient la place à un paysage plus montagneux sous un ciel sans nuages.

— C'est magnifique, commenta-t-elle, éblouie.

— Oui. Un lieu unique au monde.

— Et si tranquille ! Il n'y a personne…

Akil jeta un coup d'œil dans son rétroviseur.

— Excepté la voiture qui nous suit depuis que nous avons quitté le palais. Henri ne devrait-il pas être avec Arrosa en Cornouailles ?

Clem se retourna et vit qu'il disait vrai.

— Pauvre Henri. Il était partagé entre rentrer aux Asturies avec moi ou rester auprès de Rosy. Si je voulais me faire passer pour ma sœur, il fallait qu'il m'accompagne. Mais il prend son devoir très au sérieux. Ça n'a pas été facile de le convaincre que les gens trouveraient ça bizarre si ma cousine se promenait avec un garde du corps. Enfin, j'imagine que Zorien a dû envoyer quelqu'un d'autre pour garder un œil sur elle.

— Votre père sait que vous avez échangé vos places ?

— Rosy lui a envoyé un message hier soir, répondit-elle. C'est une occasion en or pour nous de passer du temps ensemble. J'espérais avoir des nouvelles aujourd'hui. Mais il est très occupé…

Clem s'en voulut de jouer les pleurnichardes quémandant quelques miettes d'affection. Par chance, Akil en resta là.

Alors qu'ils atteignaient le sommet d'une colline, la mer surgit devant leurs yeux. Ses eaux turquoise s'étendaient à perte de vue, étincelantes sous le soleil au zénith. Bientôt se découpèrent des falaises verdoyantes léchées par les vagues. Clem poussa une exclamation émerveillée.

— On se croirait au paradis !

Les Asturies n'étaient pas encore très connues comme destination touristique. Mais même sa Cornouailles natale ne pouvait rivaliser avec la beauté de son littoral.

— Exactement comme je l'avais imaginé, murmura-t-elle.

Ils roulèrent un moment le long de la côte, avant de bifurquer dans un chemin étroit menant à une grappe de maisonnettes autour d'un petit port à la jetée en bois défraîchie. Ce n'était pas les plages de rêve qui manquaient aux Asturies, avec leurs clubs huppés et leurs marinas abritant les yachts les plus luxueux. Mais c'était ce genre d'endroits qu'elle préférait, simples et discrets, seulement connus d'une poignée de gens.

Akil se gara sur un parking, et Clem regarda avidement autour d'elle. Des barques de pêcheurs colorées dansaient le long de la jetée. D'autres bateaux plus gros, de pêche ou de loisir, étaient amarrés un peu plus loin. Face à la mer se dressait une petite hutte flanquée de quelques tables et chaises en plastique.

— Nous sommes arrivés, annonça Akil. J'espère que vous avez faim.

À croire qu'il lisait dans ses pensées. Elle le suivit jusqu'à la hutte où ils prirent place à l'une des tables, perchée sur une saillie donnant sur une superbe plage de sable blanc à leur droite.

— Que prenez-vous ? s'enquit Akil. Je recommande les palourdes frites.

— Tout ce que j'aime, approuva Clem.

— La bière locale est excellente. Ils produisent également leur propre limonade.

— Va pour une bière. Je suis en vacances.

Non qu'elle eût beaucoup travaillé ces derniers temps. L'argent n'était pas un problème grâce au soutien financier de Zorien. Mais elle n'aimait pas rester inactive. Elle avait besoin d'un but. D'une raison d'exister. Elle écarta cette pensée. Il serait toujours temps d'y penser demain.

— Et puis, c'est ma première sortie aux Asturies. Ça se fête.

Akil esquissa un sourire amusé. Le cœur de Clem battit plus vite. Elle s'empressa de rompre le charme en s'extasiant haut et fort sur le paysage.

La nourriture, comme promis, était un délice. Les palourdes grasses avaient la saveur salée de la mer. Les frites, croustillantes à l'extérieur, fondaient sur la langue, relevées d'une pointe de vinaigre. Même la salade était tendre, accompagnée de petites tomates croquantes et de poivron rouge, typiques de la côte méditerranéenne.

La vue aussi valait le détour. D'un côté la mer et son infinie beauté. De l'autre Akil, un mètre quatre-vingt-dix de pur sex-appeal. *Ça suffit !* se tança-t-elle. Ce n'était pas un rendez-vous galant. Ils ne se connaissaient même pas ! Akil ne faisait que lui tenir compagnie parce qu'elle n'avait personne. Cela l'arrangeait : il devait se douter qu'elle raconterait tout à Arrosa. Si elle avait l'impression de vivre un conte de fées, il n'était pas son prince charmant. Elle ne devait pas oublier sa situation.

Le repas fini, elle débarrassa la table et rapporta assiettes, couverts et canettes à la hutte, puis alla s'appuyer contre la rambarde face à la mer.

— C'était délicieux. Merci de m'avoir amenée ici.

Son cœur battait la chamade. *Ressaisis-toi, ma vieille !*

— Cet endroit a-t-il une signification particulière pour vous ? demanda-t-elle en tournant la tête vers Akil.

Il s'adossa à sa chaise, les mains croisées derrière la nuque.

— Oui. Ma tante a une maison de vacances dans le coin. Moi, ma sœur et nos cousins y passions nos étés, enfants, et dépensions tout notre argent dans cette hutte. Ça ne nous a jamais coupé l'appétit.

Son sourire juvénile lui donna le vertige. Il n'était pas seulement sexy. Il était aussi bourré de charme !

— J'ai grandi au bord de la mer, confia Clem. Je pratique la natation, le surf, le paddle et le kayak. J'adore être dans l'eau. C'est vraiment mon élément.

— Vous savez, mon bateau est amarré non loin d'ici.

Il possédait un bateau ? Cet homme avait vraiment tout pour lui. Elle déclina à regret.

— Je ne vais pas obliger ce pauvre Henri à nous suivre en canot pneumatique. Je n'avais jamais mesuré à quel point c'était contraignant d'être protégé en permanence. Henri est une crème. Il fait son possible pour rester discret. Mais il est toujours là. Je ne sais pas comment fait Rosy pour supporter ça.

— Elle jouit pourtant d'une grande liberté comparée à ce que sera sa vie une fois reconnue héritière officielle, remarqua Akil.

Pas étonnant que sa sœur cherche un partenaire. Elle et Rosy se sentaient toutes les deux seules, mais pour des raisons différentes. Peut-être Rosy devrait-elle épouser Akil, tout compte fait. Il était gentil, intelligent, et appartenait à son monde. Sauf qu'elle n'était pas amoureuse de lui. Et qui plus qu'Arrosa méritait d'aimer et d'être aimée ?

— Si j'acceptais le rôle de doublure à vie, elle pourrait prendre des vacances incognito chaque fois qu'elle en a envie, plaisanta-t-elle.

— Dans ce cas, il faudrait aussi cloner ce pauvre Henri, repartit Akil en riant. Que diriez-vous d'une balade digestive ?

— Volontiers. J'ai besoin de me dégourdir les jambes.

La plage était une longue bande de sable blanc lapée par les vagues, délimitée par un amas de rocs au pied de la falaise. Ils se mirent à marcher côte à côte, et leurs pas se synchronisèrent le plus naturellement du monde. Ni l'un ni l'autre ne parlait. Parfois, un bruit de moteur au loin ou le cri d'une mouette rompaient le silence. En dehors de cela, ils étaient comme seuls au monde – avec Henri à quelques centaines de mètres derrière eux. Clem était sensible à chaque mouvement d'Akil. Ses bras qui se balançaient. Le fléchissement de ses doigts. Son magnétisme était tel qu'elle se sentait irrésistiblement graviter vers lui. Son regard glissait sans cesse vers le pouls battant au creux de sa gorge. Ou le tracé sensuel de ses lèvres. Et depuis quand effeuillait-elle mentalement de parfaits inconnus ? C'était totalement déplacé !

— Envisagez-vous d'accepter ? demanda-t-elle à brûle-pourpoint. La proposition d'Arrosa…

Akil fronça les sourcils. Sa question semblait lui déplaire. Clem se maudit de sa maladresse et tenta de se rattraper :

— Je le pensais, tout à l'heure, en disant que ça ne me regardait pas. Mais je me sens quand même concernée. Après quelques heures dans la peau de Rosy, je comprends pourquoi elle ressent le besoin d'avoir un allié à ses côtés. Son statut de princesse l'isole. Mais un mariage précipité n'est pas la solution. Si vous n'êtes pas compatibles, elle se sentira encore plus seule qu'avant. J'adore ma sœur, vous comprenez. J'aimerais pouvoir la soutenir davantage. Alors peut-être ne devrais-je pas m'en mêler, mais tout ça m'inquiète et je refuse de faire comme si ce n'était pas le cas.

L'expression d'Akil se radoucit.

— Mes parents sont le parfait exemple d'un mariage précipité. Soyez sans crainte, je ne ferai rien sans avoir mûrement pesé le pour et le contre. Mon père était un homme ambitieux. Ma mère, une fille de la campagne sans histoire. Leur amourette d'été aurait dû en rester là.

— Sont-ils toujours ensemble ?

— Légalement, oui. Mais ils se voient à peine. Ma mère occupe le manoir familial et mon père vit en Suisse depuis qu'il a pris sa retraite, il y a huit ans.

— Que s'est-il passé ?

Il continua à marcher en silence, avant de finalement s'arrêter.

— Ma mère ne comprenait pas grand-chose à la politique et détestait les absences de mon père, raconta-t-il, le regard tourné vers l'horizon. Elle ne voulait pas d'un mari qui ne soit jamais là. Et lui attendait d'elle qu'elle soit une hôtesse parfaite capable de tenir une conversation spirituelle et charmer alliés comme rivaux. Pas une épouse paranoïaque obligée de boire pour surmonter sa timidité et puiser le courage de s'adresser aux gens. Ils étaient trop mal assortis pour être heureux ensemble et ça déteignait sur leur entourage. Si je me marie, ce sera une union fondée sur des objectifs et des attentes communes, pas une simple attraction passagère.

— Et l'amour dans tout ça ?

— L'amour est une source de complications. Ce n'est pas indispensable pour moi. Une bonne entente et un respect mutuel m'importent davantage.

Clem hocha la tête.

— Merci pour votre honnêteté.

— Alors ?

— Alors quoi ?

— Ai-je réussi l'examen ?

Ce fut au tour de Clem de prendre un temps de réflexion.

— Eh bien, j'apprécie votre franchise et le fait que vous ne soyez pas intimidé par le monde dans lequel évolue ma sœur. Mais je persiste à penser qu'elle devrait attendre de rencontrer quelqu'un qui l'aime pour elle, pas pour son titre. Quelqu'un qui l'épouserait même si elle tenait la hutte sur la plage ou faisait le ménage dans des bureaux. Nous savons tous les deux que cette personne n'est pas vous. Ce n'est que mon opinion, se hâta-t-elle d'ajouter. Vous et Arrosa êtes seuls juges de ce qui est le mieux pour vous. Puis-je vous poser une question indiscrète ?

— Essayez toujours.

— Qu'avez-vous à y gagner ? La culture machiste est très prévalente aux Asturies et vous ne semblez pas homme à rester au second plan. Vous contenteriez-vous vraiment d'un rôle de consort ?

Akil était scotché. Le moins qu'on puisse dire était qu'elle n'y allait pas par quatre chemins ! Clem le déstabilisait autant qu'elle l'impressionnait. Son franc-parler le changeait des manières de la Cour et du Sénat, où langue de bois et faux-semblants régnaient en maîtres.

— Question de pouvoir, répondit-il avec la même franchise. Un prince consort, de par sa place fixe au cœur du gouvernement, est à même d'agir et influencer les choix de politiques.

Elle fronça les sourcils.

— C'est ça qui compte pour vous ?

Akil eut un petit rire.

— Je suis un politicien. Bien sûr que ça compte.

— Le pouvoir juste pour le pouvoir ?

Les réserves de Clem soulevèrent en lui un inexplicable besoin de se justifier.

— Non. Mais sans pouvoir, on n'accomplit rien. Ma famille est au gouvernement depuis des générations. C'est mon devoir de poursuivre leur travail, que je le veuille ou non. Quand mon père a eu son infarctus…

Par sa faute. Jamais il ne se le pardonnerait.

— … je lui ai promis de reprendre le flambeau et réaliser ses ambitions à sa place. Cette promesse compte énormément pour moi. Mais comme je l'ai dit, je connais les dangers d'un mariage imprudent. Je pourrais aussi accomplir de grandes choses dans ma position actuelle. Tout ça mérite réflexion.

— Êtes-vous proche de votre père ? questionna la jeune femme.

Il grimaça.

— Pas vraiment. Personne ne l'est. Mon père est… très déterminé. Rien ne peut le faire changer d'avis quand il a décidé quelque chose. Ce n'est pas un homme facile à vivre.

— Mais il doit être fier de vous, n'est-ce pas ? Rosy vous décrit comme la figure politique la plus influente aux Asturies. Et votre sœur est chirurgienne aux États-Unis. Ce n'est pas rien.

— Mon père ne sera fier que si ma sœur épouse un parti qu'il approuve et si je continue à gravir les échelons du gouvernement. Mon mariage avec Arrosa le comblerait. Son avis ne devrait pas avoir autant d'influence sur moi, mais…

Il haussa les épaules.

— Je mentirais si je niais chercher son approbation. C'est peut-être ma plus grande faiblesse.

Il se remit en marche, consterné de s'être autant dévoilé. Cela ne lui ressemblait pas d'évoquer sa famille, les attentes de son père le concernant et sa propre peur de ne pas être à la hauteur. Mais avec Clem, il se surprenait à parler librement, sans aucun embarras. Comment faisait-elle cela ?

Clem le rattrapa, et ils continuèrent à longer la plage en silence.

— Je comprends mieux que vous ne l'imaginez, dit-elle après un moment. Je n'ai rencontré mon père qu'à quelques occasions. Il ne m'a jamais vue sur scène, ni félicitée après un examen. Il n'est pas non plus venu aux funérailles de ma mère. Parfois, il m'arrive de le détester. Mais ce dont je rêve par-dessus tout, c'est qu'il soit fier de moi. Je voudrais enfin exister à ses yeux.

Akil ne savait que répondre, alors il lui prit la main. Elle était douce et chaude, comme façonnée pour s'emboîter dans la sienne.

— Je suis sûr que c'est le cas, murmura-t-il. Il est comme mon père, peu démonstratif.

Il la lâcha à contrecœur. La chaleur de Clem lui manquait déjà.

— Je sais que ce n'est pas personnel, reprit-elle. Mais ça m'affecte quand même. J'ai vingt-sept ans. Je devrais avoir passé l'âge de laisser mes sentiments vis-à-vis de mon père influencer ma vie. Et pourtant... Je me dis parfois que je ne suis devenue actrice que pour ne plus être invisible. Quand la salle applaudit à la fin de la pièce, je me sens enfin reconnue. Pathétique, n'est-ce pas ?

Akil secoua la tête.

— Pas du tout. Tout le monde a besoin de reconnaissance. Et votre mère ? Vous vous entendiez bien avec elle ?

Clem baissa les yeux.

— Oui, nous étions très proches. Elle me manque tous les jours. Mais ma mère était une force de la nature. Ce n'est pas tout le monde qui aurait accueilli chaque été la fille de son ex-amant. Ma mère aimait prendre soin des âmes perdues. Nos chats étaient tous des chats errants qu'elle avait fini par recueillir. Elle s'épanouissait en organisant des campagnes de soutien à diverses causes. Elle menait une vie bien remplie, au point que j'avais parfois du mal à y trouver ma place. La maison était toujours ouverte à tout le monde, même à Noël ou aux anniversaires. Elle avait tellement d'amour à donner que je devais toujours la partager.

Elle eut un petit rire embarrassé.

— Je dois passer pour une gamine égoïste. Mais j'aurais seulement voulu être la priorité de mes parents au moins une fois. Si je me marie un jour, j'aimerais une vie plus classique : une maison, un jardin, un trampoline pour les enfants et un mari qui m'aime. Je crois que Rosy a autant besoin de ça que moi.

Akil se tourna vers elle.

— Est-ce un avertissement ?

— Non ! Pas du tout, le détrompa-t-elle. Je parlerai de cette conversation à Rosy. Je voulais juste que vous sachiez qu'elle est plus qu'une princesse appelée à régner, comme je parie que vous êtes plus qu'un politicien ambitieux. Ne l'oubliez pas au moment de prendre votre décision.

— Entendu.

Il le pensait.

— Venez. Je vous ramène au palais Artega.

— Je le savais ! Je vous ai fait peur, n'est-ce pas ?

Il s'esclaffa.

— Non. Vous m'avez plutôt intrigué. Je suis ravi d'avoir fait votre connaissance, Clem. En d'autres circonstances, peut-être aurions-nous pu être amis.

Et plus si affinités. Il aurait volontiers exploré cette attraction qu'il percevait entre eux.

— Oui, sûrement, convint-elle. Merci, Akil. Pour la sortie, le déjeuner, et pour m'avoir écoutée.

— Ce fut un plaisir.

Il était sincère. Dommage que leurs chemins ne soient jamais amenés à se recroiser.

5.

Akil ouvrit la porte de son appartement et tituba jusqu'au sofa où il s'affala. Son cœur cognait à cent à l'heure. C'est tout juste si ses jambes le portaient encore. Il porta sa gourde à ses lèvres et la finit d'une traite. Courir quinze kilomètres sous un soleil de plomb n'était sans doute pas l'idée du siècle. Mais il avait vraiment eu besoin de se changer les idées.

Il n'avait passé qu'un après-midi avec Clem. Depuis, elle ne quittait plus ses pensées. Durant ces quelques heures, il s'était montré plus honnête qu'il ne l'avait été avec quiconque depuis des années – y compris lui-même. La question qu'elle lui avait posée tournait en boucle dans sa tête.

Qu'avait-il à gagner à épouser Arrosa ?

Le pouvoir. C'était la réponse qu'il lui avait donnée. Un rôle dans toutes les prises de décision. Une partenaire compatible et un mariage sans passions susceptibles de gâcher l'équilibre de leur relation. Mais, plus que tout, c'était une chance de tenir sa promesse à son père. Mieux que cela, de le surpasser et prouver qu'il était un vrai Ortiz. Et peut-être aussi de se convaincre que renoncer à ses propres rêves n'avait pas été vain. Arrosa ne lui aurait jamais fait une telle proposition s'il était devenu médecin. Même un médecin de premier ordre.

Il se laissa aller contre le dossier du sofa. Toutes ces raisons étaient pertinentes. Mais il avait beau se les répéter, elles sonnaient toujours aussi creux. Il appréciait et respectait

Arrosa, sans pour autant se voir passer sa vie entière avec elle. Il aurait l'impression d'usurper la place de quelqu'un d'autre. Il avait déjà fait de gros compromis sur son avenir. Ce mariage serait-il celui de trop ?

Les arguments contre ne manquaient pas non plus. Les Ortiz étaient une famille ancienne, mais inconnue en dehors des Asturies. Le futur mari d'Arrosa deviendrait la nouvelle cible privilégiée de la presse internationale. Tel était le lot des membres de la famille royale, avec les conséquences que cela impliquait. Clem avait été privée de la chance d'avoir un père dans sa vie. Arrosa devait inventer des subterfuges pour s'octroyer un peu de temps à elle, constamment entourée de gardes du corps. Les secrets de la famille Ortiz ne tarderaient pas à faire surface. L'alcoolisme de sa mère. Les infidélités de son père. Akil refusait de voir leur linge sale étalé sur Internet.

Son téléphone sonna sur la table basse. Sans surprise, le nom d'Arrosa apparut sur l'écran. Elle avait répondu à son message la veille, confirmant qu'elle allait bien. Mais elle avait dû parler à Clem entre-temps. Que lui avait dit sa sœur de leur après-midi ensemble ? La princesse maintiendrait-elle son offre ? Ou appelait-elle au contraire pour se rétracter ?

De son côté, sa décision était prise.

— Votre Altesse, vous êtes vivante. C'est un soulagement d'entendre votre voix, plaisanta-t-il. Je craignais que Clem m'ait mené en bateau.

Arrosa éclata de rire. Il ne l'avait jamais sentie aussi détendue.

— C'est vrai qu'elle est excellente actrice. Mais elle est aussi bien trop franche et honnête.

Akil sourit.

— Oui, j'ai eu l'occasion de le constater.

— Ça ne m'étonne pas. Elle m'a rapporté votre discussion. C'est réconfortant de savoir que quelqu'un se soucie de mon bonheur. Mais j'espère qu'elle n'a pas été blessante.

— Non, seulement directe. Elle m'a donné à réfléchir.

— C'est sa spécialité, déclara Arrosa. C'est pour ça qu'elle m'a fait rester en Cornouailles. Pour que je réfléchisse à ce que j'attendais vraiment de l'avenir. Et c'est ce que j'ai fait. M'éloigner des Asturies, de la Cour et de toute l'hystérie autour de la ratification était exactement ce dont j'avais besoin.

Elle fit une pause, et il l'entendit prendre une grande inspiration.

— Akil, je vous dois des excuses…

Un immense soulagement envahit Akil. Alors ils étaient sur la même longueur d'onde.

— Inutile, la devança-t-il. Faisons simplement comme s'il ne s'était rien passé.

— Je ne sais pas ce qui m'a pris, balbutia Arrosa. J'étais fatiguée et peut-être un peu submergée par tout ce qui m'arrive.

— C'est compréhensible. Je suis flatté, mais Clem a raison. Vous méritez mieux.

— Elle a dit ça ?

— Entre autres choses. Arrosa, il va sans dire que je continuerai à vous soutenir, assura-t-il. Je tiens à ce que notre collaboration se poursuive. J'espère aussi que nous pourrons devenir de vrais amis.

— Oui, je l'espère aussi.

— Dans ce cas, en tant qu'ami, puis-je vous demander comment vous allez ?

Il y eut un silence. Lorsqu'elle reprit la parole, sa voix se fêla.

— D'une certaine façon, je me sens mieux que ça ne m'est arrivé depuis longtemps. Avec Clem qui me remplace, j'ai l'esprit tranquille. Il m'arrive d'étouffer aux Asturies, alors je profite de cette chance de souffler un peu.

— Tant mieux.

— Mais je m'en veux que Clem se sente aussi isolée,

ajouta-t-elle. Surtout si elle ne peut pas sortir autant qu'elle l'espérait. Merci de l'avoir emmenée en balade. Je vous en suis infiniment reconnaissante.

C'était à lui de la remercier. Il y avait longtemps qu'il n'avait plus passé un aussi bon moment.

— Pas de quoi. Votre sœur est quelqu'un d'intéressant. J'ai apprécié sa compagnie. Elle semblait savoir exactement dans quoi elle s'était embarquée avec l'intention d'aller jusqu'au bout.

— Je lui ai proposé de tout arrêter. Mais elle n'a rien voulu entendre.

Le soulagement d'Arrosa était palpable. Pas étonnant que Clem ait tenu à prolonger l'échange. Son admiration pour la jeune Anglaise redoubla. Ce ne devait pas être facile pour elle de se retrouver piégée à la villa de sa sœur, aussi idyllique que soit le cadre.

— Je crois qu'elle tient à vous offrir une vraie, longue pause, avança-t-il. C'est tout à son honneur.

— Elle est la meilleure sœur au monde, dit Arrosa. Si seulement elle pouvait faire ouvertement partie de ma vie… J'espère qu'elle ne s'ennuie pas trop. Elle ne me l'avouera pas si c'est le cas. On tourne vite en rond, chez moi, sans aucune distraction. Elle dit que le changement de décor lui fait du bien. Mais six semaines toute seule, ça risque de faire long.

— Je pourrais lui rendre visite de temps en temps, suggéra Akil, l'air de rien.

Son rythme cardiaque s'accéléra en disant cela.

— Vraiment ? Vous feriez ça ?

Était-ce de l'amusement dans son intonation ?

— Je vais voir si je peux me libérer.

— Merci, Akil. Pour tout.

— Profitez de vos vacances.

Il raccrocha, avec l'étrange impression d'être tombé dans un guet-apens.

Était-ce vraiment judicieux de revoir Clem ? Il ne pouvait nier qu'elle lui plaisait. Si elle avait été quelqu'un d'autre... Mais ce n'était pas le cas et elle n'était là que pour quelques semaines. Pourquoi ne pas simplement garder d'elle le souvenir d'une rencontre agréable ? C'était encore le plus sage. Sa vie était déjà assez compliquée comme cela.

Les jours suivants, Akil fut trop occupé pour s'appesantir sur des « peut-être » et des « si seulement ». C'était la relâche parlementaire, ce qui lui laissait plus de temps à consacrer à ce qui lui plaisait vraiment. Son rêve de devenir médecin n'était plus d'actualité. Mais cela ne l'empêchait pas de continuer à venir en aide aux autres et vouloir remanier le système de santé asturien. Formé au secourisme en haute montagne, il se rendait utile partout où le besoin s'en faisait ressentir. C'était mieux que rien. Son travail de bénévole donnait du poids à son plaidoyer en faveur de réformes contre les inégalités. Même son père approuvait : un politicien secouriste au service de la communauté remportait du succès dans les urnes. En été, les montagnes des Asturies attiraient de nombreux randonneurs inexpérimentés qui se perdaient ou se foulaient une cheville sur leurs pistes accidentées. Akil passait facilement douze heures par jour à coordonner les recherches ou les conduire lui-même sur le terrain. Il rentrait éreinté, tout juste bon à nourrir son chat et s'écrouler sur le sofa avec un sandwich.

Tard la veille, il avait été rappelé afin de localiser un couple parti observer les étoiles qui n'était toujours pas revenu. Il s'était couché à l'aube et avait dormi jusqu'à midi le jour suivant. Une occurrence rare dans son emploi du temps surchargé. Et peut-être le signe qu'il devrait lever le pied. Un désordre inhabituel régnait dans son appartement d'ordinaire impeccable. Son chat le fuyait, vexé d'être délaissé jour après jour. Ses placards étaient vides et le frigo aussi. C'est tout juste s'il trouva de quoi se faire une omelette.

Il se laissa choir sur le sofa avec son plateau-repas et alluma la télévision. Un de ses collègues avait annoncé un nouveau projet de loi, et il était curieux de voir comment les chaînes publiques allaient réagir. Justement, c'était le gros titre des informations. Le reportage terminé, il prit la télécommande afin de zapper sur le sport quand une image l'arrêta.

Pour n'importe quel passant, le profil visible à travers la vitre de la limousine était celui de la princesse, reconduite chez elle depuis la capitale. Les larges lunettes de soleil mangeaient une partie de son visage, mais ses traits étaient reconnaissables, tout comme le chignon sophistiqué qu'Arrosa arborait en public. Sa posture et son demi-sourire étaient si bien imités qu'Akil lui-même faillit s'y laisser prendre. Clem remplissait haut la main sa mission de se faire passer pour Arrosa aux yeux de la presse.

La culpabilité le gagna. Qu'avait-elle fait ces quatre derniers jours ? Son père lui avait-il rendu visite ? Il en doutait. Elle avait dû se morfondre, seule à la villa. Il n'avait pas tenu sa promesse à Arrosa d'aller la voir. Lui qui, contrairement à la plupart des politiciens, mettait un point d'honneur à toujours tenir parole. C'était ridicule de garder ses distances simplement parce qu'elle lui plaisait. Elle n'était pas la première et cela ne l'avait jamais dissuadé de cultiver leur compagnie.

Sur une impulsion, il demanda par texto à Arrosa le numéro de Clem. La réponse ne se fit pas attendre, comme si la princesse avait anticipé la question. Il sauvegarda le numéro et envoya à Clem une invitation ouverte. À elle de voir. Peu importait ce qu'elle répondait.

Alors pourquoi vérifiait-il toutes les trente secondes si son message avait été lu ?

— Tu sais quoi, Tigrou ? Je suis un idiot.

Son chat l'ignora royalement. Mais, alors qu'il zappait sur un match de foot, son portable bipa. Une réponse de Clem. Acceptait-elle ? Ou lui envoyait-elle un refus poli ? Le pouls d'Akil s'accéléra. Il n'aurait su expliquer pourquoi, mais il espérait vraiment qu'elle dise oui.

Clem s'efforçait de voir les choses du bon côté. D'un, il faisait un temps magnifique. Elle n'avait jamais été aussi bronzée. De deux, la villa d'Arrosa offrait un confort inégalable avec des équipements dignes d'un spa. De trois, elle avait un lac entier rien que pour elle. Clem avait pris l'habitude d'y nager matin et soir. C'était un tel bonheur d'être dans l'eau ! Il lui arrivait aussi de s'y baigner en journée quand il faisait trop chaud. Un comportement peut-être inhabituel chez Arrosa, dont elle espérait qu'il n'interpelle pas l'équipe de sécurité gardant un œil sur elle. De quatre, les cuisines du palais étaient à sa disposition. Elle n'avait qu'à passer commande pour que les plats se matérialisent comme par magie dans sa propre cuisine. Le frigo et les placards se réapprovisionnaient mystérieusement en son absence : pain frais, beurre, olives, fromage, gâteaux… Rien ne manquait jamais, sans qu'elle ait besoin de demander. Sa sœur avait beau être indépendante, elle jouissait de tous les avantages de vivre à la maison. Même son linge sale disparaissait, pour réapparaître le lendemain propre et repassé.

Débarrassée des contraintes quotidiennes, loin de la Cornouailles où le souvenir de sa mère était partout présent, Clem avait tout loisir de réfléchir à son avenir. Elle pouvait se consacrer pleinement à préparer le prochain chapitre de sa vie.

Mais tout l'optimisme du monde ne pouvait lui faire oublier la réalité de sa situation. Elle était là depuis une semaine, et son père n'était toujours pas venu la voir. Elle n'attendait pas de lui qu'il laisse tout en plan pour elle. Mais elle n'était qu'à une demi-heure de route. Ne pouvait-il se libérer un après-midi pour lui rendre visite ? Quelle idiote… Que s'était-elle imaginé ? Il avait fait en sorte qu'elle ne manque de rien sur le plan matériel. Au vu de sa position, il n'y avait rien de mieux à espérer.

Clem tournait comme un lion en cage. Du temps, elle en avait, oui… Trop. Les journées lui paraissaient interminables. Au lieu de former des projets constructifs, elle ne faisait que ruminer, rongée par l'incertitude. Dire qu'encore deux ans plus tôt elle partageait un appartement avec ses amies à Londres, sortait le soir, allait voir des spectacles. Elle s'épanouissait dans ses cours de théâtre et tentait sa chance à des auditions, décrochant parfois un petit rôle. Elle n'avait jamais douté qu'elle finirait par réussir. Elle était passionnée et croyait en son talent. Ce n'était qu'une question de persévérance…

Jusqu'à cet appel de sa mère qui avait tout changé. Sa vie s'était transformée en une longue succession de rendez-vous médicaux. Les théâtres avaient cédé la place aux salles d'attente, l'insouciance à l'angoisse entrecoupée de trop rares lueurs d'espoir. Au fil des mois, le cottage avait pris de tristes airs d'hospice.

Après les funérailles, Clem s'était repliée sur elle-même. Pendant des semaines, elle était restée apathique, errant comme une âme en peine sur la plage, se pelotonnant parmi les affaires de sa mère. C'était la menace de privatisation du vieux théâtre qui l'avait arrachée à son inertie et poussée à l'action. Elle avait intégré le comité « Sauvons notre théâtre » en sachant combien sa mère aurait été fière. Elle s'était jetée à corps perdu dans cette cause, organisant pétitions et rassemblements, rejoignant la distribution de *Roméo et Juliette*. Le cottage était devenu le quartier général de la campagne comme au bon vieux temps. Tout cela l'avait occupée un temps, sans répondre à la question qui la taraudait…

Et maintenant ?

Quel nouveau sens donner à sa vie ?

Pour finir, elle avait suivi le conseil de sa sœur. Elle avait établi une liste de projets avec, pour chacun, les pour et les contre, ainsi qu'une note sur dix en fonction de l'enthousiasme qu'ils lui inspiraient. Peut-être était-il temps de la réétudier ?

À contrecœur, Clem s'installa à la table de la terrasse et ouvrit le document sur sa tablette.

En numéro un, le plus évident : percer en tant qu'actrice. Non seulement elle avait suivi la formation pour, mais elle avait encore un agent malgré sa longue pause. Elle avait adoré incarner Juliette et prenait un certain plaisir à jouer le rôle de sa sœur, même si ce n'était qu'une heure de temps en temps dans une voiture. Mais autant se rendre à l'évidence : après ces dix-huit derniers mois, sa résilience s'était émoussée. Était-elle encore capable de digérer les refus permanents qu'affrontait tout aspirant acteur ? De se réjouir d'être rappelée pour une pub de dentifrice ? Ou de travailler trois mois comme doublure, à prier chaque soir dans sa loge pour que la vedette se casse une jambe ? C'était les hauts et les bas inhérents aux débuts du métier. Mais, à vingt-sept ans, elle en avait assez d'être figurante dans sa propre vie à force d'attendre son heure.

Numéro deux : donner des cours de théâtre, comme nombre de ses anciens camarades. Une carrière tout à fait respectable. Sa mère, avec son zèle et sa passion contagieuse, avait été un professeur formidable. Mais Clem ne se sentait aucune vocation pour l'enseignement. Cela devrait compter, non ?

Ou alors, elle pouvait continuer à repousser l'échéance et voyager en espérant avoir une révélation. Sa mère avait fait le tour du monde sac au dos avant de s'inscrire à la Sorbonne. Combien de fois lui avait-elle raconté comment elle avait travaillé dans une école en Équateur ou sur un bateau de Greenpeace ? Déjà, à l'époque, Simone Beaumont essayait de sauver le monde. Elle avait toujours encouragé

Clem à suivre son exemple. Pourquoi pas ? Ce n'était ni le temps ni l'argent qui lui manquaient. Partir à l'aventure était tentant…

Mais pas toute seule.

C'était cela le problème. Elle ne voulait plus être seule. Elle voulait vivre, rire et faire des projets avec les gens qu'elle aimait. Elle voulait sa propre famille. Pas vraiment le genre de chose qu'on obtenait comme cela, d'un claquement de doigts.

Clem s'adossa à sa chaise.

— Cesse de pleurnicher ! se sermonna-t-elle. Tu ne te rends pas compte de ta chance. Tu as un toit, de l'argent. Des perspectives d'avenir, même si elles sont encore floues. Que dirait maman si elle te voyait ?

Simone Beaumont ne se laissait jamais aller à s'apitoyer sur elle-même.

Son téléphone bipa. Une distraction qui tombait à pic. Un numéro inconnu s'affichait sur l'écran.

— Génial, un nouveau spam. Ou alors… Un producteur qui m'a adorée dans *Roméo et Juliette* et me veut ab-so-lument dans le West End ?

Parler tout haut devenait une habitude. Elle se languissait de Gus. Elle se sentait moins idiote quand elle s'adressait à son chat, à qui il ne manquait que la parole.

Elle ouvrit le message. L'adrénaline fusa dans ses veines.

Akil.

Cinq jours s'étaient écoulés depuis leur déjeuner. Il n'y avait aucune raison pour qu'ils se revoient, mais elle l'avait quand même espéré. Surtout lorsque Arrosa lui avait annoncé qu'elle et Akil avaient finalement décidé de rester amis. Sans nouvelles de lui, Clem avait fait de son mieux pour le chasser de son esprit. Et voilà qu'il se manifestait quand elle s'y attendait le moins ! Que voulait-il ?

Le message allait droit au but.

Si vous avez encore envie de jouer les touristes, je suis libre demain après-midi. Je passe vous prendre ?

Akil

Un sourire flotta sur ses lèvres. Une part d'elle, celle qui avait oublié comment profiter de la vie, qui savait que le pire pouvait arriver, l'incitait à la prudence. Mais l'autre, qui l'avait amenée ici, l'encourageait à accepter au contraire. Akil était très séduisant… Et célibataire.

Sans plus réfléchir, elle tapa sa réponse.

Excellente idée. « Arrosa » doit justement faire une nouvelle apparition. Je pourrais me changer quelque part avant de vous retrouver chez vous ? Envoyez-moi l'heure et l'adresse.

Clem

Elle s'empressa d'envoyer le message avant de se défiler. Nervosité et excitation se disputaient en elle. Il n'y avait pas de raison. Ce n'était qu'une banale sortie, ni plus ni moins. Elle avait le droit de s'amuser un peu, non ?

Impossible de se remettre sur sa liste après cela. Demain, elle allait se balader avec un homme beau comme un dieu. Dans l'immédiat, cela lui suffisait. Le futur attendrait.

6.

Akil ouvrit son armoire pour se changer. Il n'avait pas cessé de siffloter de la matinée. Il s'était même surpris à chantonner sous la douche ! Une éternité que cela ne lui était plus arrivé. Depuis qu'il avait abandonné la médecine pour la politique, pour être exact. C'était au moins la troisième tenue qu'il essayait. Un vrai adolescent de quinze ans avant son premier rendez-vous. Au moins, il ne s'était pas tartiné les cheveux de trois pots de gel… Mais le costume faisait sans doute trop habillé pour une simple balade touristique. Il consulta sa montre. Clem n'allait plus tarder. Il ferait bien de se dépêcher s'il ne voulait pas la recevoir à moitié nu.

Il finissait tout juste de se changer quand la sonnette retentit. Akil appuya sur le bouton de l'Interphone vidéo. Au lieu du visage de Clem, c'est celui d'Henri qui emplit l'écran.

— Le sujet est arrivé. Rien à signaler ? aboya-t-il.

Akil se retint de faire le salut militaire.

— Non, aucun danger. Elle peut monter.

Il ouvrit la porte de l'appartement et attendit, le cœur battant. Des pas légers résonnèrent dans l'escalier. Puis elle apparut, vêtue non plus en princesse, mais en simple touriste dans une jolie robe verte de style rétro, complétée d'une veste en jean, de baskets et de lunettes de soleil blanches. Ses cheveux bouclés tombaient en une cascade soyeuse sur ses épaules. Elle était à couper le souffle.

— Bonjour, dit-il, la bouche sèche.

— Bonjour.

Il recula d'un pas.

— Vous avez trouvé facilement ? Aucun problème pour redevenir anonyme ?

— Non. Je me suis changée dans un parking souterrain qu'Henri connaissait, puis il m'a conduite ici dans une autre voiture, expliqua Clem. J'ai l'impression d'être une héroïne de film d'espionnage !

— Où est-il maintenant ?

— Il surveille le périmètre au cas où nous aurions été suivis. Tous les gardes du corps sont-ils paranoïaques ?

— Oui, ça fait partie du métier, affirma Akil. Que diriez-vous d'entrer ?

— J'ai cru que vous ne me le proposeriez jamais.

Ses yeux pétillaient, traversés de reflets verts que faisait ressortir sa robe. Elle s'avança dans le vestibule ouvert et regarda autour d'elle.

— Alors c'est ici que vit le jeune politicien le plus prometteur des Asturies ?

— En tout cas, c'est ici que moi, je vis.

Son appartement se situait dans un bâtiment médiéval aux murs épais percés de hautes fenêtres cathédrale. Le vieux plancher ciré luisait entre deux tapis anciens aux couleurs passées. Les murs étaient en pierre apparente, dont un masqué par une immense bibliothèque croulant sous les livres. Des fauteuils en cuir patiné faisaient face à la cheminée, l'un d'eux occupé par un certain matou.

— Vous avez un chat ? s'exclama Clem.

— Vous n'êtes pas allergique, j'espère ?

— Non, j'adore les chats. Comment s'appelle-t-il ?

— Comment savez-vous que c'est un mâle ?

— Les chats roux le sont souvent.

Comme s'il devinait qu'on parlait de lui, le félin roula sur le dos en s'étirant de tout son long.

— Oh ! tu es trop mignon ! Alors, comment s'appelle-t-il ?

— Tigrou.

La jeune femme eut un sourire moqueur.

— Très original.

— Ce n'est pas moi qui lui ai donné son nom.

— Qui, alors ?

— Le fils d'un voisin, répondit Akil. Tigrou était leur chat. Mais ils ont dû déménager à l'étranger et ne pouvaient pas l'emmener. Voilà comment je l'ai adopté.

— Vous êtes donc plus chats que chiens ?

— Pas vraiment. Je vis en appartement et travaille beaucoup. Pas idéal pour un chien. Et vous ?

— J'adore les deux.

— Pas de jaloux

— Je n'ai eu que des chats en grandissant, raconta la jeune femme. Maman disait que nous n'avions pas le temps de nous occuper d'un chien, que ce serait injuste pour lui. Mais j'en aurai un, un jour. Et plusieurs chats aussi.

Elle caressa Tigrou, qui se mit à ronronner de contentement, les yeux mi-clos. Akil l'aurait presque envié.

— Venez, je vous fais faire le tour du propriétaire.

La visite ne prit pas longtemps. Il lui montra la cuisine ouverte, la salle à manger, son bureau, ainsi que la salle de bains. Pas sa chambre, c'était trop intime. Clem remarquait le moindre détail. Elle l'interrogea sur les toiles et les photographies aux murs et passa en revue ses livres en effleurant leurs tranches du bout des doigts.

— J'aime beaucoup votre appartement, déclara-t-elle, penchée sur une anthologie de poésie. C'est très différent de ce à quoi je m'attendais.

— À quoi vous attendiez-vous ?

— À quelque chose de style industriel, épuré et ultramoderne. Mais c'est endroit… On s'y sent chez soi, comme dans un cocon.

Akil fut touché de cette appréciation.

— Merci. C'était ce que je voulais.

— Que faisons-nous maintenant ? s'enquit Clem.

— Nous partons explorer la ville, bien sûr ! J'espère que vous êtes bien chaussée car nous allons en faire, des kilomètres.

La jeune femme garda le silence, la mine soucieuse. Il leva un sourcil interrogateur.

— Est-ce vraiment sûr de nous promener en ville ? questionna-t-elle.

— Les Asturies sont l'un des pays les plus sûrs au monde.

— Je voulais dire pour vous et moi. Est-ce prudent que nous soyons vus ensemble ? Vous êtes une figure publique, jeune et célibataire de surcroît. Si on vous repère accompagné d'une inconnue, les médias en feront leurs choux gras.

— Aux Asturies, la presse est plus respectueuse de la vie privée qu'ailleurs en Europe, répondit Akil. D'ailleurs, les gens se moquent éperdument de ce que font les politiciens de leur temps libre, tant qu'ils ne trempent pas dans des affaires de corruption. Si nous nous affichions ensemble à un événement mondain, une régate ou une course hippique, alors oui, ça soulèverait des questions et nous finirions dans les tabloïds. Mais pas si nous nous baladons simplement en ville. Et, malgré votre ressemblance, personne ne vous confondra avec votre sœur dans cette tenue. Soyez tranquille.

La jeune femme relâcha les épaules.

— Tant mieux. Ça me rassure. Dans ce cas, qu'attendons-nous ?

— Que vous posiez votre livre ?

Elle rangea avec soin l'anthologie dans la bibliothèque.

— C'est fait. Allons-y !

— Après vous.

Akil lui ouvrit la porte et la referma derrière eux. Il se réjouissait de passer l'après-midi avec Clem. De lui faire découvrir cette ville qu'il aimait tant. Ce n'était que leur seconde rencontre, mais il se sentait à l'aise avec elle comme cela lui arrivait rarement. Sa famille, sa position et sa nature réservée dressaient souvent un mur entre lui et les gens, que la jeune femme avait contourné sans aucun effort. Cette sortie était censée être un service qu'il rendait à Arrosa, mais elle s'annonçait comme une bouffée d'air frais pour lui aussi. Il avait hâte d'y être.

Clem marchait avec allant aux côtés d'Akil. C'était un tel bonheur de flâner, se balader, être entourée de gens à nouveau comme une personne normale. Akil avait dit juste. Personne ne leur prêtait attention, bien qu'Akil eût de quoi faire tourner les têtes en tenue décontractée. Le T-shirt gris épousait ses épaules carrées et son large torse, tout en faisant ressortir son bronzage. Quant au jean, bas sur ses hanches, il mettait en valeur ses cuisses musclées, mais aussi le plus beau fessier masculin qu'elle ait jamais vu. Comment ne pas le remarquer ? Elle était humaine, non ?

Un soleil radieux chauffait les rues pavées en cette belle journée de juin. La lumière réverbérée sur le marbre clair des trottoirs éblouissait Clem, qui n'en perdait cependant pas une miette derrière ses lunettes de soleil. La capitale des Asturies, Oviedo, était une ancienne cité médiévale, sise au cœur d'une large vallée cernée de montagnes. Aussi spectaculaire que soit la côte, c'était ces montagnes qui attiraient le plus de touristes, skieurs l'hiver, randonneurs l'été, ainsi que de nombreux amateurs de sports aquatiques séduits par leurs lacs céruléens. Pour Clem qui rêvait d'explorer chaque recoin du pays, cette journée était un excellent début. Akil savait parfaitement où il allait. Il entra dans un office du tourisme et en ressortit quelques minutes plus tard muni d'une carte et de deux billets.

— J'ai pensé que ça nous serait utile, dit-il en lui en tendant un.

Clem déchiffra les mots sur le rectangle de papier.

— Un pass une journée ?

— Il nous donne accès à tout. Le château, le musée des Beaux-Arts, le zoo, le funiculaire, le petit train, les cinq promenades guidées… Il offre aussi des réductions au théâtre et à l'opéra, ainsi que dans certains cafés et restaurants. Un vrai passe-partout valable jusqu'à minuit.

Il sourit, visiblement content de lui. À raison. C'était une bonne idée.

— Quelle heure est-il ? demanda-t-elle.

— Environ 13 heures.

— Déjà ? Alors nous n'avons pas de temps à perdre !

Elle déplia la carte toute grande.

— Nous avons besoin d'élaborer une stratégie. Quelle est l'attraction la plus proche ?

Akil ouvrit des yeux ronds.

— Vous voulez *tout* faire ?

— Eh bien, peut-être pas le théâtre *et* l'opéra, concéda-t-elle. Nous ne ferons pas non plus les cinq balades guidées. Mais essayons d'en voir le maximum avant minuit, qu'en dites-vous ?

— Est-ce un défi ?

— Le relevez-vous ?

Le regard d'Akil brilla d'un éclat amusé.

— Je suis un Ortiz. Rien ne me fait peur.

— Parfait. Alors par quoi commençons-nous ? Qu'est-ce qui est le plus près ?

— Le château, dit Akil.

Il eut une hésitation.

— Votre père n'a pas pour habitude d'apparaître dans les sections ouvertes aux visiteurs, mais… On ne sait jamais. Ce serait gênant si vous tombiez nez à nez avec lui en public.

Clem n'avait pas pensé à cela. Le château était une forteresse maintes fois rebâtie et modifiée, perchée en hauteur de manière à dominer le col, autrefois unique voie d'accès à la ville. Désormais ouvert au public, il permettait aux touristes de découvrir les logements des rois des siècles passés, les cours privées, les jardins, mais aussi les remparts et les cachots, témoignages de l'histoire mouvementée du pays.

À l'écart se trouvaient également les actuels appartements royaux et les bureaux de la Cour, avec un passage privé les reliant au parlement, édifice médiéval tout aussi imposant situé juste à côté. Les appartements royaux comprenaient le logement du roi et de sa famille, ceux des courtisans et du personnel, plusieurs pièces de réception où étaient reçus ambassadeurs et autres dignitaires, ainsi que d'autres salles plus ou moins vastes réservées à divers événements officiels.

En période de relâche parlementaire, la plupart des membres de la Chambre haute s'étaient retirés dans leurs maisons de campagne ou leurs villas en bord de mer. Mais le roi, comme Clem ne le savait que trop bien, rentrait rarement au domaine d'Artega, préférant rester à la Cour toute l'année. Pour la première fois depuis près de dix ans, elle et lui n'étaient peut-être séparés que par quelques murs… Et il lui restait aussi inaccessible qu'aux autres touristes.

— Il sait que je suis aux Asturies, dit-elle en ravalant son amertume. D'ailleurs, il y a si longtemps qu'il ne m'a pas vue qu'il aurait du mal à me reconnaître. Allons-y. J'ai toujours rêvé de visiter cet endroit.

Reprenant la carte, elle traça un itinéraire de l'index.

— Voici ce que je propose. Nous passons une heure au château, une demi-heure au musée et une autre à la cathédrale. Ensuite, nous prenons le tramway jusqu'au belvédère et le funiculaire pour redescendre, puis le petit train jusqu'au zoo, ce qui nous laisse une heure sur place avant la fermeture. En marchant vite, nous pouvons être à l'heure pour la balade guidée du soir, suivie par un opéra. Nous aurons aussi besoin de nous restaurer, donc en-cas après le tramway et dîner après le spectacle. Qu'en dites-vous ?

Akil fit mine de défaillir.

— Je suis épuisé d'avance.

— Trop intensif pour vous ?

Elle souleva ses lunettes de soleil, un sourire de défi aux lèvres. Peut-être ne devrait-elle pas flirter ainsi. Ils n'étaient pas en rendez-vous galant. Mais où était le mal à s'amuser un peu ?

Akil soutint son regard, sérieux tout à coup. Le cœur de Clem s'emballa.

— Trop intensif ? Non, c'est pour vous que je m'inquiète. Êtes-vous sûre de tenir le rythme ?

— Certaine. Venez, assez perdu de temps.

Elle remit ses lunettes de soleil sur son nez, troublée par ce qu'elle avait cru sentir passer entre eux. Ils se mirent en route et, comme la fois précédente, adoptèrent naturellement la même allure.

Le château était un lieu captivant, quoique plus macabre qu'elle ne l'avait imaginé. Surtout les cachots souterrains remplis d'instruments terrifiants. Étaient-ce des traces de sang sur ces vieux fers rouillés ?

— Des gens charmants, mes ancêtres, marmonna-t-elle.

— Les miens aussi, dit Akil. Avant de dominer le Parlement, ils étaient généraux et chefs militaires. Je n'ose imaginer combien de malheureux ils ont condamnés à cet enfer.

— À quoi sert cet engin ?

Elle s'approcha d'une sorte de potence munie de cordes et frémit en lisant la description sur le panneau explicatif.

— J'aurais préféré ne pas le savoir…

— Quel genre de personne invente des choses pareilles ?

Akil se tenait juste derrière elle. Plusieurs centimètres les séparaient, mais sa proximité allumait des étincelles sous sa peau.

— Pas étonnant qu'ils montrent les cachots avant les joyaux de la Couronne. On aura bien besoin de glamour et de paillettes pour oublier toutes ces horreurs.

La visite se poursuivit à travers un dédale de couloirs et

de cours intérieures. Akil la divertissait en inventant des faits complètement loufoques sur chaque recoin du château. Clem riait sans retenue. À quand remontait la dernière fois qu'elle avait eu de tels fous rires ? Ou qu'elle s'était sentie autant à l'aise avec quelqu'un ?

Enfin, ils entrèrent dans une pièce étroitement gardée, zigzaguant entre de grandes vitrines où étaient exposés manteaux ourlés de fourrure et tuniques matelassées, fourreaux incrustés de pierres précieuses et épées effilées. Le tour se concluait devant une ultime vitrine encastrée dans le mur, protégée des visiteurs par un cordon de sécurité ainsi que deux gardes postés de chaque côté. Au cas où il prendrait à quelqu'un l'idée de repartir avec un souvenir royal.

Clem contemplait les joyaux, partagée entre émerveillement et mélancolie. Ils faisaient partie de son histoire familiale, mais elle avait dû payer pour les voir comme une simple touriste. Une fois de plus, elle était maintenue à l'écart. Elle cacha sa tristesse derrière une légèreté forcée.

— Cette couronne est énorme. Elle doit peser une tonne !

— Et tout cet or, renchérit Akil. C'est très clinquant.

— Pour aller avec le collier d'ordre, pointa Clem en désignant la lourde chaîne en or incrustée de rubis. Et avec le sceptre aussi. On ne peut pas dire que l'ensemble soit du meilleur goût. Un peu trop ostentatoire. Mais c'est le but, n'est-ce pas ?

— Quand le roi porte la couronne, on croirait qu'elle ne pèse rien, commenta Akil. Qu'on soit d'accord ou non avec sa politique, c'est un monarque compétent. Il s'entend bien avec l'Assemblée et contrôle le Sénat. Tout le monde n'a pas les épaules pour ce rôle.

— Rosy est forte. La personne la plus forte que je connaisse, affirma Clem. Mais personne ne devrait avoir à porter seul un tel fardeau. Si seulement je pouvais être à ses côtés comme une vraie sœur… Je comprends mieux en voyant ça.

— Que comprenez-vous mieux ?

— Sa proposition de mariage. Je regrette presque…

Elle se mordit la lèvre.

— Oui ?

— Que vous n'ayez pas dit oui. Que vous ne puissiez pas être la personne dont elle a besoin.

Akil la dévisageait, son expression insondable. Clem se perdait dans l'abîme de ses yeux.

— Je n'aurais jamais pu l'être, dit-il enfin. J'avais juste besoin d'en être sûr. Une chance que je m'en sois rendu compte à temps.

— À temps ?

Clem retint son souffle. Ils étaient si proches que son torse frôlait sa poitrine à chaque inspiration qu'il prenait. Il suffirait d'un pas pour combler les derniers millimètres entre eux et se blottir contre lui. Mais elle était clouée sur place, paralysée par le sang bourdonnant à ses oreilles.

— Le respect et l'amitié sont d'excellentes fondations pour un mariage heureux, tout comme la volonté de soutenir sa partenaire, déclara Akil. Mais ce serait injuste d'épouser une femme tout en étant attiré par sa sœur, vous ne pensez pas ?

Non, elle n'était pas en état de penser. L'intensité de son regard éveillait un brûlant désir entre ses reins.

— Je…

Envoûtée, elle cherchait quoi répondre…

Vous me plaisez aussi.

Que voulez-vous dire ?

Embrassez-moi.

… quand deux enfants se disputant bruyamment déboulèrent dans la salle. La magie s'évanouit, et Akil recula avec un air de regret.

— Venez, dit-il. Nous sommes en retard sur notre programme.

Alors qu'ils s'éloignaient, Clem jeta un dernier regard

aux joyaux dans leur vitrine, symbole du futur de sa sœur. Akil était peut-être attiré par elle – et l'attirance était réciproque. Mais elle n'avait pas sa place ici. Elle ferait bien de ne pas l'oublier.

7.

Akil savourait pleinement cette sortie. C'était rare qu'il s'octroie une journée entière de détente. Jouer les touristes avec Clem lui donnait l'occasion de redécouvrir sa ville sous un jour différent. Après avoir visité la cathédrale au pas de course afin de rattraper leur retard, ils en faisaient maintenant autant avec le musée car, comme l'avait admis Clem, tous les tableaux finissaient par se ressembler au bout d'un moment.

— Je me demande s'ils avaient déjà vu un vrai bébé de leur vie, commenta-t-elle devant leur vingtième portrait de la Vierge à l'Enfant.

Sur celui-ci, le petit Jésus avait presque la même taille que sa mère. Sur celui d'avant, il n'était guère plus gros qu'une orange.

— Ça me rappelle mes projets d'art à l'école. J'avais toujours droit à un « Peut mieux faire ». Mes professeurs auraient dû être plus indulgents. Je ne faisais que peindre dans le style du XIVe siècle.

Après le musée, ils admirèrent la vue depuis le tram effectuant l'ascension jusqu'au belvédère surplombant la ville. Une destination populaire parmi les touristes en excursion d'un jour. Sur place, ils prirent un en-cas bien mérité, avant de redescendre en funiculaire, puis sauter dans le petit train à destination du zoo.

— Je suis partagée sur les zoos, confia Clem alors qu'ils se promenaient dans les allées de la célèbre attraction.

Le zoo d'Oviedo était réputé dans le monde entier pour ses programmes de reproduction novateurs et son formidable travail de préservation.

— Je sais que ce tigre, s'il n'était pas ici, ne se baladerait pas librement dans la jungle. Il ne serait plus là. Sans lieux tels que celui-ci, d'ici quelques années, il n'y aurait plus de tigres du tout. Mais ça me dérange de voir d'aussi belles créatures en cage, exhibées à nos regards curieux sans nulle part où se cacher.

Elle suivit des yeux le tigre qui balançait la queue d'un air irrité.

— Si je le pouvais, je te rendrais ta liberté…

— La presse s'en donnerait à cœur joie, remarqua Akil. « Une fausse princesse lance un tigre sur la population affolée. »

Il la contempla pensivement.

— Peut-être vous identifiez-vous trop à lui ? Une belle créature en cage…

Elle eut un petit rire nerveux.

— Je ne suis pas…

— Une belle créature ? Vous êtes très belle, Clem. J'espère que vous le savez.

Leurs regards se happèrent. La jeune femme rougit et ses pupilles se dilatèrent, pour la plus grande joie d'Akil. Il lui avait bien semblé qu'il lui plaisait aussi. La réaction de Clem lui en donnait confirmation. Il lui caressa la joue et la sentit frémir.

— Akil…

Sa voix était enrouée, quelque part entre protestation et prière. Il laissa retomber sa main, résistant à la tentation de capturer sa bouche.

— Je…

Elle s'éclaircit la gorge, rouge pivoine. Elle était tellement adorable !

— Je ne suis pas en cage, corrigea-t-elle. C'est ce que j'allais dire. Je peux sortir, même si c'est compliqué. Et puis, c'est provisoire. Dépêchons-nous ou nous allons manquer la balade guidée.

— À vos ordres, mon général. Désolé de nous avoir mis en retard.

Il fit un salut militaire, auquel Clem répondit par un regard faussement sévère.

— Ça ira pour cette fois.

Malgré ses objections, Akil insista pour s'arrêter à un stand à la sortie du zoo, où il acheta deux paninis au fromage accompagnés de limonade glacée.

— Nous marchons depuis des heures et ne dînerons qu'après l'opéra. Un homme a besoin de reprendre des forces. Moi oui, en tout cas.

Clem mordit dans son sandwich.

— Vous devenez grognon le ventre vide ? C'est bon à savoir. Mmm, c'est délicieux ! s'exclama-t-elle en reprenant une bouchée.

Le fromage fondu menaçait de couler sur sa robe. Elle prévint le désastre en le léchant in extremis sans aucune élégance. Akil l'imita, et ils éclatèrent de rire. Il y avait longtemps qu'il ne s'était plus autant amusé. Avec Clem, il parlait de tout et de rien. Il se sentait détendu en sa compagnie… Si ce n'est que son corps avait une fâcheuse tendance à réagir à sa proximité. S'il s'écoutait, il la plaquerait contre lui et l'embrasserait jusqu'à ce qu'elle défaille entre ses bras. Mais elle n'était là que pour quelques semaines. À quoi bon embrouiller inutilement les choses ? Même s'il serait facile de s'aventurer sur ce terrain, au vu de leur attirance réciproque…

— Votre salut était irréprochable, dit Clem sur le chemin du centre-ville.

Une jolie rue piétonne bordée de jardinières fleuries et d'arbres les protégeant du soleil.

— Un souvenir de mon service militaire, expliqua Akil.

— Bien sûr. C'est si étrange pour moi que vous ayez à sacrifier deux ans de votre vie. Même Rosy a dû s'engager avant d'entrer à l'université.

— C'est obligatoire pour tous les Asturiens, y compris la famille royale. Votre sœur et la mienne ont servi ensemble dans le corps médical. Pour moi, le service a duré quatre ans, précisa-t-il. Deux dans l'infanterie, comme tous les Ortiz, puis deux dans les forces spéciales. J'ai ensuite intégré l'université à vingt-deux ans.

— Quel cursus ?

— Sciences politiques et économie.

— Évidemment. C'était ce que vous vouliez faire ?

La question à dix millions. D'ordinaire, Akil confirmait la croyance générale qu'occuper le siège des Ortiz à la Chambre haute avait toujours été son ambition personnelle. Mais il ne voulait rien cacher à Clem. C'était agréable d'avoir quelqu'un avec qui il pouvait être vraiment lui-même.

— Pour être honnête, non. J'avais été admis en faculté de médecine.

— Vraiment ? Comme votre sœur ?

— Je suis l'aîné, c'est elle qui m'a copié, repartit-il en riant. Il y a une certaine rivalité entre nous. Elixane a quatre ans de moins que moi et déteste être une femme dans un pays favorisant toujours les héritiers masculins.

— Vous devriez être flatté qu'elle ait suivi votre exemple. Vous êtes son modèle.

Akil s'esclaffa.

— Je doute qu'elle le voie ainsi. Je lui poserai la question.

La seule pensée de sa réaction le rendait hilare. Lui, son modèle ? Elixane s'étranglerait d'indignation !

— Je me demande ce qui nous a poussés tous les deux dans cette voie. Il n'y a aucun précédent dans la famille.

— Alors que s'est-il passé ? Pourquoi n'avez-vous pas fait médecine ?

Akil hésita. Il n'aimait pas revenir sur cette période. Jusqu'où était-il prêt à se confier ?

— Aux Asturies, les sièges au Sénat, notre Chambre haute, sont héréditaires et la succession s'effectue uniquement de père en fils. Même après la ratification le mois prochain, les sièges appartenant à la vieille aristocratie, comme le mien, continueront à ne se transmettre qu'aux héritiers masculins. C'est pareil au Royaume-Uni.

— Je commence à compatir avec votre sœur, grommela Clem.

— Nous essayons de changer ça. Mais nous en sommes encore loin.

— Si on y réfléchit, la succession devrait plutôt se faire de mère en fille. Avant les tests ADN, l'identité du père ne pouvait jamais être sûre, contrairement à celle de la mère.

— Ma sœur défend le même argument. Vous vous entendriez à merveille, plaisanta Akil. Il n'en reste pas moins que je suis l'aîné, ce qui fait de moi le chef de famille et le futur duc, que la loi change ou non.

— Ça ne doit pas lui plaire…

— Non. Mais il lui arrive d'admettre qu'elle est plus heureuse en tant que cadette. Elle jouit d'une plus grande liberté que moi. Le duc d'Ortiz a toujours été une personne de premier plan aux Asturies. Pendant des siècles, nous avons dirigé l'armée. Le duc a été tantôt le bras droit du roi, et même régent à deux occasions, tantôt son plus implacable opposant. Après la Seconde Guerre mondiale, l'importance de l'armée a considérablement diminué. Ma famille s'est donc tournée vers la politique, en utilisant son siège héréditaire afin de conserver son influence. Mon père m'a fait comprendre que j'esquivais les responsabilités inhérentes à mon futur titre en choisissant médecine.

La jeune femme fronça les sourcils.

— Mais votre père est toujours en vie, non ? Pourquoi ne pas devenir médecin et vous lancer en politique plus tard ?

Exactement ce qu'il lui avait répliqué huit ans auparavant.

— Mon père ne fait jamais rien à moitié. Il est dans l'excès en tout, qu'il s'agisse du travail, des plaisirs de la chère, de l'alcool…

Ou des femmes.

— Il se moque des recommandations de son généraliste. Pour lui, médecin est une profession de bourgeois indigne de son héritier. Sa santé n'était pas au mieux quand nous nous sommes disputés, il y a huit ans. Le ton est monté et il s'est écroulé. Il a failli mourir d'un infarctus.

Akil connaissait son état. Il aurait dû mettre de l'eau dans son vin quand la situation avait dégénéré. Au lieu de quoi, il avait perdu son sang-froid. Il s'était emporté contre son père en lui reprochant son égoïsme et son intransigeance. Il avait jubilé de le voir s'étouffer de rage, incapable d'articuler le moindre argument cohérent. Quel genre d'homme cela faisait-il de lui ? Malgré ses belles paroles, il ne valait pas mieux que son père.

Clem plaqua une main sur sa bouche.

— Mon Dieu, Akil, je suis désolée. Cela a dû être terrible !

— Oui. D'autant que c'était ma faute.

Elle secoua la tête.

— De quelle façon ? Vous avez dit vous-même qu'il n'écoutait pas son médecin. Il était responsable de son état.

— C'est vrai, reconnut Akil. Mais j'étais jeune et impulsif, persuadé d'avoir raison. Moi qui voulais devenir médecin, j'ai laissé un homme dont je savais la santé fragile s'agiter inutilement. Pire, je l'ai provoqué au point de le mettre en danger. Quel fils agirait ainsi ?

— La famille, ce n'est jamais simple. Elle a le don de nous rendre fous, dit Clem en posant une main réconfortante sur son bras. Alors vous avez sacrifié votre rêve pour vous racheter ?

En partie.

— Je lui ai promis que s'il survivait, je ferais mon devoir en tant que vicomte d'Ortiz. Alors quand il s'est remis, il a pris sa retraite et le Sénat a voté en faveur de ma succession anticipée. Mon père passe désormais l'essentiel de son temps en Suisse à prendre soin de sa santé. Et moi, comme vous le voyez, je tiens ma promesse.

— Vous arrive-t-il d'avoir des regrets ?

— Je ne reviens jamais sur une décision prise.

Ce qu'il regrettait, c'était d'en avoir trop dit.

— Venez. Nous avons encore beaucoup à voir.

Il se remit en route sans un regard en arrière. C'était ce qu'il faisait : il allait de l'avant, les yeux tournés vers l'avenir. Ruminer le passé ne servait à rien.

Clem glissait des regards furtifs vers Akil tandis qu'ils se dirigeaient vers la place où devait démarrer le tour. Il marchait en silence, perdu dans ses pensées. Ce devait être frustrant de vivre une vie choisie par défaut après avoir renoncé à sa vocation. Au fond, n'était-ce pas ce qui l'attendait aussi ? Ce serait une consolation si elle connaissait le même succès dans sa seconde carrière qu'Akil dans la sienne.

Mais cela n'enlevait rien à la compassion qu'elle éprouvait pour lui. Peut-être était-ce préférable d'avoir un père inaccessible comme le sien, plutôt qu'un père colérique et manipulateur qui brandissait une promesse extorquée sur son lit de mort pour forcer son fils à accomplir ses propres ambitions. Ce n'était pas comme si Akil avait choisi de tout abandonner pour monter un groupe de rock ou toute autre entreprise aussi frivole. Il voulait devenir médecin ! N'importe quel parent sauterait de joie si leur enfant leur annonçait cela. Sa mère aurait été extatique. Elle l'avait soutenue dans son choix, car c'était le genre de personne qu'elle était. Mais Clem savait qu'elle aurait préféré une vocation plus méritoire que celle d'actrice.

— Quel est le thème du tour ? demanda-t-elle pour briser le silence.

Akil cilla, comme s'il avait oublié où ils étaient.

— Mmm ? Oh ! c'est le tour « Frissons » centré sur les fantômes, les goules et autres faits macabres. Prête ?

Clem fit la grimace.

— Après les cachots du château ? Pas sûre. Bonjour les cauchemars.

— Rien ne nous oblige à le faire. Nous pouvons très bien sauter cette étape.

— Et perdre le défi ? Certainement pas !

— Je me disais aussi… Comment ai-je pu oublier le programme ?

L'amusement dans sa voix rassura Clem.

— Parfait. Le tour finit à 7 heures, juste à côté de l'Opéra. Ça nous donne le temps d'acheter nos billets. J'espère que ce n'est pas déjà complet. Quel est le spectacle donné ?

Akil vérifia sur son téléphone.

— *Tosca*. Ah, tiens, il y a un avertissement. « Contient des scènes de torture, meurtre et suicide. » Décidément, c'est une journée à thème.

— Dans ce cas, j'exige que nous allions dîner dans le restaurant le plus kitsch que nous puissions trouver, l'avertit Clem. Ça nous changera d'ambiance.

— Je vais voir ce que je peux faire.

Ils rejoignirent la place dans un silence plus détendu. Leurs bras se balançaient, si proches qu'il leur arrivait de s'effleurer.

Un groupe de personnes attendait déjà au point de rencontre. Une ou deux familles, quelques couples âgés, et un jeune couple qui sourit en les voyant approcher. Sans doute se reconnaissaient-ils en eux, deux tourtereaux profitant d'une escapade romantique dans la capitale asturienne.

L'image plut à Clem, et elle se laissa emporter par cette vision, entremêlant ses doigts à ceux d'Akil. D'abord, ils se figèrent, avant d'envelopper chaudement les siens. Son pouce caressait le dos de sa main, un geste si intime qu'elle en frissonna de plaisir.

— Bonsoir à tous et bienvenue !

Un guide vêtu du costume traditionnel des Asturies interpella le groupe en anglais, puis en français.

— Est-ce que tout le monde a son billet ? Bien. Alors commençons tout de suite avec le grand siège de 1412.

Malgré son thème, le tour se révéla très divertissant. Le guide était aussi drôle que captivant, relatant les épisodes les plus sombres de l'histoire des Asturies en jonglant entre grosse voix et grimaces pour effrayer les enfants et anecdotes choisies pour amuser les adultes. Durant tout le tour, Akil garda sa main dans la sienne. Clem en avait le vertige. Il était si sexy et charismatique… et elle lui plaisait. Elle vivait un véritable conte de fées. Qui sait si la magie ne se prolongerait après l'expiration de leurs pass à minuit ? Cendrillon n'avait-elle pas droit à une permission exceptionnelle ?

Elle n'avait aucun avenir aux Asturies. Se rapprocher d'Akil était contre-indiqué. Mais elle en avait assez d'être raisonnable. Elle était en vacances, non ? Qu'est-ce qui l'empêchait de savourer l'instant présent ?

Le groupe se rassembla autour d'un canon pointé vers le col de montagne, hanté, apprirent-ils, par un jeune soldat ayant refusé d'abandonner son poste lorsque la ville avait été attaquée, choisissant de rester pour protéger son pays. Le guide baissa la voix et les enfants l'encerclèrent, suspendus à ses lèvres. Quand soudain… « Boum ! » conclut-il sans crier gare et tous sursautèrent en riant. Une fillette trébucha dans la bousculade. Avant que quiconque ait pu la rattraper, elle tomba sur la route, juste devant une voiture qui passait. Le temps parut ralentir comme le petit corps rebondissait sur le capot tandis que le véhicule freinait dans un crissement de pneus strident.

Tout le monde resta pétrifié d'horreur. Tout le monde sauf Akil, qui se ruait déjà vers la route en criant d'appeler une ambulance. Il se pencha sur la fillette, deux doigts sur sa gorge, puis se mit à palper son corps avec précaution.

— Reculez, elle a besoin d'air, ordonna-t-il. Où sont les parents ?

Un couple d'Américains s'avança aussitôt, le visage blême. La mère affolée serrait une autre fillette dans ses bras.

— Elle respire, les informa Akil. Mais elle a sans doute la jambe cassée, et je n'exclus pas une commotion cérébrale ou une hémorragie interne. Rassurez-vous, l'hôpital n'est pas loin.

— Vous êtes médecin ? s'enquit la mère.

Akil secoua la tête.

— Non, sauveteur bénévole avec une formation en secourisme. Votre fille sera entre de bonnes mains, je vous le promets.

L'ambulance mit moins de dix minutes à arriver. Clem, en retrait, regarda Akil aider les urgentistes à placer la fillette inconsciente sur le brancard et leur faire part de ses premières constatations. Le reste du groupe observait la scène en silence, serrés les uns contre les autres. Alors que l'enfant était hissée dans l'ambulance, Akil s'approcha de Clem.

— Je l'accompagne à l'hôpital. Ses parents ne parlent ni l'asturien ni le français. Ils ont besoin d'un traducteur.

— Bien sûr, approuva-t-elle. Je vais appeler Henri pour qu'il vienne me chercher. Je me rhabillerai en princesse dans la voiture. De toute façon, les gardes n'arrêtent jamais Henri au portail.

— Désolé que nous manquions l'opéra.

— Ce n'est que partie remise.

Mais elle n'en était pas si sûre. Demain, à la lumière du

jour, serait-elle toujours aussi résolue à vivre le moment présent ? Ou se rappellerait-elle toutes les raisons pour lesquelles s'attacher à Akil – ou quiconque aux Asturies – était une mauvaise idée ?

Akil l'attira à lui.

— Absolument. Nous reprendrons là où nous en sommes restés et finirons notre programme, promis.

— J'y compte bien.

Elle avait dit cela sans conviction. Akil dut le sentir car avant qu'elle puisse se dégager, il pencha la tête et pressa ses lèvres sur les siennes. Un baiser chaste et fugace. Mais ce simple contact embrasa tout son être. Akil recula avec un sourire contrit.

— À bientôt.

Clem le regarda s'éloigner, admirant une dernière fois sa silhouette athlétique. Elle aurait voulu le rappeler. Lui courir après et l'embrasser à nouveau. Mais elle resta immobile tandis qu'il montait dans l'ambulance, dont les portières se refermèrent sur lui. Le véhicule démarra en trombe, toutes sirènes hurlantes.

— Au revoir, murmura-t-elle.

Était-ce un au revoir provisoire ou définitif ? Clem n'aurait su le dire.

8.

Il était tard lorsqu'elle arriva à la villa. Elle tombait de fatigue, mais impossible de fermer l'œil. Les événements de la journée tournaient en boucle dans sa tête. En particulier le baiser qu'elle et Akil avaient échangé. Fantasme et souvenir se mélangeaient au point qu'elle ne distinguait plus l'un de l'autre.

Elle se leva le lendemain sans avoir dormi de la nuit. Une tasse de café à la main, elle s'installa sur la terrasse avec son livre. Aujourd'hui, repos !

Avant de se coucher la veille, elle avait écrit un message à Akil s'enquérant de l'état de la fillette. Il lui avait promis de la tenir au courant. En consultant son téléphone, elle vit qu'elle avait une réponse, envoyée plus tôt dans la matinée. La petite fille avait une jambe cassée et quelques côtes fêlées. Mais ni hémorragie interne ni commotion cérébrale. L'hôpital allait la garder quelques jours en observation. Elle avait eu beaucoup de chance, concluait Akil.

Après de longues délibérations, Clem tapa un simple « merci », avant d'ajouter à la dernière seconde :

Vous avez été incroyable, hier.

Elle envoya le texto et se pelotonna dans son fauteuil, en proie à un tourbillon de questions. Que se serait-il passé s'il n'y avait pas eu d'accident ? Ils seraient allés à l'opéra, puis au restaurant, et après ? Seraient-ils retournés ensemble chez Akil ? Et ensuite ?

Elle ne le saurait jamais.

Son téléphone vibra. Sa sœur. Clem prit une grande inspiration et décrocha.

— Salut, quoi de neuf ? lança-t-elle en injectant un maximum d'entrain dans sa voix.

— Oh ! je venais juste aux nouvelles, répondit Arrosa. Tout va bien de ton côté ? Papa est-il passé te voir ?

— Pas encore.

Clem feignit la désinvolture, comme si le silence de leur père ne la blessait pas. Mais sa sœur n'était pas dupe. Elle poussa un soupir exaspéré au bout du fil.

— Sérieusement, à quoi joue-t-il ? Veux-tu que je lui parle ?

— Non, c'est inutile.

Clem tenait vraiment à voir son père, à condition que ce soit réciproque. Elle voulait qu'il vienne de son plein gré, pas par sentiment d'obligation après un sermon de sa fille légitime.

— Nous avons tout le temps. Ça finira par se faire tôt ou tard.

— Tant que ça ne te dérange pas de rester... Ça fait une semaine, maintenant. Je me sens beaucoup mieux. Alors dis-le-moi si tu en as assez d'être promenée à droite à gauche à l'arrière d'une limousine.

— Au contraire, assura Clem. Je n'ai pas tous les jours l'occasion de porter des tenues de créateur. Laisse-moi en profiter encore un peu. Et toi, que fais-tu de beau ? Es-tu allée au cinéma avec Sally ? Le groupe d'action du théâtre a-t-il trouvé un autre endroit où se réunir ?

Arrosa se mit à lui raconter les nouvelles locales, ainsi que sa soirée au pub où elle était sortie boire un verre avec Sally. Rien de bien extravagant pour une célibataire de vingt-six ans. Mais pour sa sœur, c'était plus de liberté qu'elle n'en avait eue depuis longtemps.

Clem l'écoutait avec plaisir en sirotant son café.

— Clem ?

La soudaine timidité de Rosy l'intrigua.

— Que sais-tu de Jack Treloar ?

— Jack Treloar ? répéta Clem avec surprise. Tu veux dire l'ex-bad boy du village qui essaye de commercialiser notre théâtre ?

— Oui.

Son premier réflexe fut de réclamer une explication. Pourquoi Rosy s'intéressait-elle à ce type ? Mais cela n'avait pas dû être facile pour sa sœur d'oser aborder le sujet, aussi se réfréna-t-elle.

— À vrai dire, pas grand-chose.

En dehors des nombreux ragots le concernant.

— Il a quatre ans de plus que moi, alors nous n'étions jamais dans la même promotion, ni ne fréquentions les mêmes groupes. C'était plutôt un solitaire. Son père n'était jamais là. Sa mère faisait de son mieux, mais sa réputation n'a fait qu'empirer. Dès qu'il y avait du grabuge, il était le premier suspect. Puis il a commencé à sortir avec la fille d'une huile locale. Elle est tombée enceinte et ils se sont mariés. Ils avaient à peine dix-huit ans. L'histoire a fait scandale.

Clem s'en souvenait comme si c'était hier.

— Ils sont partis à Londres, où il s'est enrichi Dieu sait comment, continua-t-elle. Sa femme est décédée tragiquement il y a quelques années. Puis voilà qu'il y a six mois, il réapparaît avec ses filles et achète la maison la plus chère du village, un manoir sur la falaise. Personne ne sait pourquoi il est revenu. Il n'a aucun bon souvenir en Cornouailles. Et le scandale semble lui coller à la peau. Depuis son retour, il fait pression sur le conseil municipal pour qu'on lui vende le théâtre.

Elle fit une pause. C'était plus fort qu'elle, elle avait besoin de savoir.

— Pourquoi ? Comment l'as-tu rencontré ? C'est rare qu'il quitte sa tour d'ivoire pour se mêler à nous autres, commun des mortels.

— Il est venu voir ta pièce, pointa Arrosa. Enfin, il se trouve que je garde ses filles en ce moment.

Clem manqua recracher son café.

— *Quoi ?* Comment est-ce arrivé ?

— C'est une longue histoire. Je te raconterai une autre fois.

— J'ai tout mon temps, l'encouragea Clem.

Mais sa sœur ne se laissa pas fléchir.

— Ce n'est pas très intéressant, esquiva-t-elle. Contrairement à tes aventures. Le séduisant Akil t'a-t-il recontactée ?

— Séduisant ? Je croyais que tu ne le voyais pas ainsi ?

Arrosa s'esclaffa.

— Mais toi, si. Allez, crache le morceau. Que se passe-t-il entre vous ? Il m'a demandé ton numéro il y a quelques jours. T'a-t-il appelée ?

— Nous nous sommes vus hier. Il a gentiment proposé de me faire visiter la ville, c'est tout. Ne va pas t'imaginer des choses.

C'était au tour de Clem de rester évasive. Arrosa émit un « pfff » peu convaincu.

— Je connais Akil depuis longtemps. Il a beau avoir un profond sens de l'honneur, ce n'est pas le genre à jouer les guides touristiques pour de parfaits inconnus.

— Mais il aime rendre service et aider les autres, objecta Clem. Tu savais qu'il était secouriste bénévole ?

— Je l'ai lu dans une interview, oui. Il n'en parle jamais. Sauf à toi, apparemment…

— Je l'ai vu en action, dit Clem. Il y a eu un accident. Akil est intervenu sans hésiter et savait exactement quoi faire. C'était impressionnant.

— Sexy et héroïque ? Serait-ce l'homme idéal ?

— Rosy… Est-ce que tu regrettes d'être revenue sur ta proposition ?

Clem retint son souffle. Arrosa et Akil appartenaient au même monde. Ils faisaient tous les deux partie de l'élite de leur pays et partageaient les mêmes objectifs. Il n'y aurait rien d'étonnant à ce que Rosy reconsidère l'idée d'un mariage. Auquel cas, le devoir de Clem serait de s'effacer, quitte à refouler ses sentiments. Elle était la sœur d'une future reine. Elle avait vu de ses yeux combien était lourde à porter la couronne.

— Pas une seconde, décréta Arrosa. Et je peux t'assurer qu'Akil non plus.

— Qu'est-ce qui te fait dire ça ?

Clem espérait de tout cœur que sa sœur ait raison.

— C'est *toi* qui lui plais, idiote ! Je l'ai su tout de suite en lui parlant. Et ça crève les yeux qu'il te plaît aussi. Quel genre de sœur serais-je si je m'immisçais entre vous ?

— Il… il m'a embrassée, confessa Clem.

— Ha ! Je le savais !

— C'était juste pour me dire au revoir avant qu'il parte avec l'ambulance, se hâta-t-elle de préciser.

— Mais tu aurais voulu plus ?

Clem ferma les yeux, se remémorant la caresse de ses lèvres sur les siennes.

— Oui…

— C'est génial ! s'exclama Arrosa. Je suis tellement contente pour vous ! Dis-moi tout. Quand vous revoyez-vous ?

Clem s'obligea à redescendre de son nuage.

— Je ne sais pas, Rosy. Akil et moi avons des vies très différentes. Pour commencer, nous ne vivons pas dans le même pays. Et puis, Akil sait où il va alors que moi, je fais du surplace. Il aura besoin d'une partenaire à l'aise avec la politique et la diplomatie. Je suis un scandale national ambulant !

— Je n'aime pas t'entendre te déprécier ainsi, murmura sa sœur.

— C'est pourtant ainsi qu'ils me voient, notre père et les quelques personnes au courant de mon existence à la Cour. Akil peut bien m'emmener faire du tourisme en ville. Mais il ne doit jamais être vu avec moi de manière officielle. Nous le savons toutes les deux. Alors quel futur cela nous laisse-t-il ?

Il y eut un silence au bout de la ligne.

— Clem… J'ignorais que tes sentiments étaient aussi forts. Es-tu en train de tomber amoureuse de lui ?

— Quoi ? Bien sûr que non ! Nous ne nous sommes vus que deux fois !

Clem fit la grimace. Elle se sentait ridicule, tout à coup, avec ses interrogations sur l'avenir.

— Il me plaît, c'est tout. J'apprécie sa compagnie. Il est beaucoup trop tôt pour parler d'amour.

— Dans ce cas, où est le mal à continuer à vous voir ? Quel est le pire qui puisse arriver ?

Qu'il me rejette à cause de qui je suis ? Qu'il s'aperçoive que je ne suis pas assez bien ?

Elle ne pouvait pas exprimer ses doutes à voix haute. Pas même à sa sœur chérie.

— Tu as raison, dit-elle. Je suis trop mélodramatique. Ce doit être une déformation professionnelle. Peux-tu me promettre une chose de ton côté ? Sois prudente avec Jack Treloar.

— Seulement si tu me promets de ne pas l'être avec Akil, rétorqua sa sœur en riant.

Après avoir raccroché, Clem fixa pensivement son téléphone. Elle n'avait pas menti à Rosy. Il était beaucoup trop tôt pour parler d'amour. Mais il comptait pour elle, c'était indéniable. Plus que de raison après seulement deux rencontres. Quand viendrait le moment de quitter les Asturies, comment le vivrait-elle ?

Elle et Akil se plaisaient physiquement. Elle était partante pour explorer cette alchimie. Mais pas question d'aller plus loin. C'était le seul moyen de protéger son cœur.

La nuit avait été longue. Le temps de s'assurer que Lucy, la petite Américaine blessée, soit prise en charge, de suivre l'évolution de son état et de rassurer ses parents inquiets, il était 3 heures du matin passées quand Akil était rentré chez lui. Il s'était effondré sur le sofa où il s'était endormi comme une souche, réveillé trois heures plus tard par Tigrou réclamant à manger avec insistance. Il en avait profité pour boire un verre d'eau et finir le pain dans le placard, puis avait envoyé un message à Clem afin de l'informer de la situation de Lucy, avant de retourner se coucher.

Après quelques heures de sommeil supplémentaires, il se sentait enfin reposé. Il but un café, prit une douche et enfila des vêtements propres. Prêt à entamer une nouvelle journée… Et, pour la première fois depuis une éternité, il n'avait rien de prévu. Il y avait toujours le travail, bien sûr. Relâche ou non, sa boîte mail, elle, n'était jamais en vacances. Mais ses assistants se chargeaient de faire du tri et aucune affaire urgente ne requérait son attention. Il n'était pas non plus d'astreinte auprès de l'équipe de secourisme en montagne. Avec le nombre de missions qu'il avait effectuées ces derniers temps, il ne le serait pas avant la semaine suivante.

Son regard tomba sur le livre de poésie feuilleté par Clem. Un sourire lui vint aux lèvres. Peut-être s'était-il inconsciemment ménagé du temps libre au cas où Clem et lui veuillent se revoir. Si leur soirée n'avait pas été interrompue, qui sait si elle ne serait pas ici avec lui en ce moment ? Il les imaginait, elle et lui, planifiant leur prochaine sortie en tête à tête. Ou paressant au lit, nus sous les draps…

Le désir frémit dans son sang. Pourquoi lui faisait-elle

autant d'effet ? Clem était très belle. Mais ce n'était pas les belles femmes qui manquaient dans son entourage. Non, c'était plus qu'une simple attirance physique. Elle était drôle et directe, une combinaison irrésistible. Il y avait aussi une vulnérabilité chez elle qui lui donnait envie de la choyer et la faire sourire. Il voulait qu'elle se sente spéciale. Dieu sait qu'elle en avait besoin ! Ce n'était peut-être pas ses affaires, mais un jour il ferait savoir à Zorien ce qu'il pensait de sa façon de traiter ses filles.

Il prit son téléphone et découvrit un nouveau message de Clem.

Êtes-vous libre ? Si oui, retrouvons-nous quelque part.

Akil hésitait sur la conduite à adopter. Et si c'était une bonne chose que leur soirée ait été écourtée ? Ils se plaisaient, mais de là à passer à l'acte… N'était-ce pas préférable de garder leur relation strictement amicale ? Clem et lui n'avaient aucun avenir ensemble. D'un autre côté, quelle importance ? Rien ne l'empêchait de simplement profiter de l'instant présent. C'était l'été. Elle n'était là que pour quelques semaines. Pourquoi chercher midi à quatorze heures ?

Une chose était sûre : une décision sensée ne se prenait pas l'estomac vide.

Akil quitta l'appartement et entra dans un café, où il commanda une viennoiserie accompagnée d'un café serré comme l'aimaient les Asturiens. En deux minutes, il avait fini son petit déjeuner. Il décida ensuite de rendre visite à Lucy et ses parents à l'hôpital. S'il voyait Clem plus tard, elle voudrait avoir des nouvelles.

Lucy avait été placée en chambre individuelle. Il s'y rendit tranquillement, s'arrêtant plusieurs fois en chemin pour discuter avec certains médecins. Il croisa également l'un de ses amis bénévoles avec qui il bavarda quelques minutes. Lorsqu'il arriva à l'aile pédiatrique, l'infirmière, qu'il connaissait bien, le laissa entrer. La porte de la chambre de Lucy était entrouverte. À sa surprise, une voix familière lui parvint.

Que faisait Clem ici ?

Son pouls s'accéléra. Si quelque chose devait se passer entre eux, il serait vite fixé. Qu'il soit prêt ou non. Il s'avança vers la porte et s'appuya contre le chambranle sans un bruit.

Clem lisait une histoire à la fillette. Elle était douée. Sa lecture expressive donnait vie au texte en attribuant une voix distincte à chaque personnage. Lucy était pâle, sa jambe plâtrée tendue devant elle. Elle devait encore avoir mal. Mais elle souriait, visiblement captivée. Akil attendit la fin du chapitre avant de se décider à entrer. Pour rien au monde il n'aurait voulu rompre le charme.

— Comme va notre patiente ? lança-t-il en anglais.

Le visage de la fillette s'éclaira.

— Clem est venue me lire une histoire. Elle est géniale !

Clem s'empourpra jusqu'au front. Elle était si adorable quand elle rougissait.

— Je voulais voir comment allait Lucy, alors j'ai demandé à Henri de me déposer près d'ici. Je ne m'attendais pas à ce qu'on me laisse entrer. Mais ses parents prenaient l'air à l'extérieur. Ils avaient l'air épuisés. J'ai insisté pour qu'ils rentrent à leur hôtel se changer et manger quelque chose pendant que je gardais un œil sur Lucy.

Akil examina la fillette avec attention.

— Elle semble bien se remettre. Mais elle a besoin de repos. Veux-tu dormir un moment, Lucy ? Nous serons dans le couloir en attendant que tes parents reviennent. Si tu as besoin de quoi que ce soit, appuie sur le bouton d'appel.

— Je suis un peu fatiguée, admit la fillette. Me liras-tu un autre chapitre plus tard, Clem ?

— Avec plaisir.

Elle lui caressa les cheveux en souriant.

— Es-tu bien installée ? Veux-tu de l'aide ?

Akil la regarda réarranger les oreillers et aider Lucy à

se coucher en manipulant avec précaution sa jambe plâtrée. Elle savait y faire. Sans doute parce qu'elle avait pris soin de sa mère malade récemment. Être ici devait lui rappeler des souvenirs pénibles. Il l'en admirait d'autant plus.

Une fois Lucy confortablement installée, Akil entraîna Clem dans la salle d'attente attenante.

— Voulez-vous un café ou autre chose ?

— Non, merci. Et vous ? Avez-vous pu dormir un peu cette nuit ?

— Quelques heures sur le canapé, oui, répondit-il. C'était gentil de votre part de venir voir Lucy et proposer de rester à son chevet.

La jeune femme haussa les épaules.

— J'ai l'habitude des hôpitaux. Le temps semble toujours s'y écouler plus lentement. La sœur de Lucy était morte de fatigue et très grognon. Ce n'était pas évident pour les parents de laisser une inconnue auprès de leur fille. Mais j'ai réussi à les convaincre qu'ils seraient plus utiles après un bon repas et quelques heures de sommeil. Ils avaient vraiment besoin d'une coupure. Ils ne tarderont sûrement pas à revenir.

— Lire une histoire à Lucy était une bonne idée, dit Akil. Ça l'a apaisée.

— Je l'espère. Moi aussi, j'ai passé un bon moment, ajouta-t-elle comme si cela la surprenait.

Akil arqua un sourcil.

— Vous êtes actrice. Toute occasion de jouer doit être la bienvenue, non ?

Clem prit un air pensif.

— Après la mort de ma mère, je ne voulais plus jamais remettre les pieds dans un hôpital. Mais en venant ici, je me suis rappelé tous ceux qui nous avaient aidées. En particulier les infirmières et les bénévoles qui ont rendu l'épreuve plus supportable. Ils ont pris le temps de s'asseoir au chevet de maman, juste pour l'écouter et entendre toutes ces choses qu'elle ne pouvait pas me dire. Ils ont été là pour moi aussi quand j'avais besoin de laisser sortir ma colère et ma frustration. Leur présence a été un immense réconfort. Faire la lecture à une petite fille est ma façon de donner à mon tour, même si ce n'est pas grand-chose.

— Pas grand-chose ? Non. C'était ce dont Lucy et cette famille avaient besoin. Je suis sûr qu'ils vous en sont infiniment reconnaissants.

Elle semblait si fragile, en cet instant, et pourtant si résolue à la fois. C'était ce qui l'attirait chez elle, cette force indomptable. En deux pas, il combla la distance entre eux et la serra dans ses bras. Les yeux dans les siens, ces yeux noisette aux reflets verts voilés de fatigue, il sut que l'avenir n'avait aucune importance. Il la voulait. Il avait besoin d'elle. Et, par miracle, elle ressentait la même chose.

— Être ici m'a ouvert les yeux, murmura-t-elle. Que ce soit un autre hôpital dans un autre pays ne change rien. L'expérience est la même partout. Il y a dix-huit mois, c'est toute ma vie qui s'est arrêtée. Depuis, j'ai oublié comment aller de l'avant. Mais c'est fini. Je suis prête, Akil. Prête à profiter de la vie au lieu de simplement exister.

Elle entoura son visage de ses mains et leur chaleur enflamma ses sens. Il ferma brièvement les yeux afin de savourer la sensation.

— Fais-moi vibrer à nouveau, souffla-t-elle.

Comment dire non à une telle prière ? Il pencha la tête, lentement pour ne surtout pas gâcher l'instant. Leurs bouches se trouvèrent. Cette fois, ce fut plus qu'un frôlement. Plus qu'une promesse incertaine. Il captura ses lèvres avec une possessivité à laquelle les siennes répondirent en s'ouvrant avidement. Elle noua les mains autour de sa nuque tandis qu'il la pressait contre lui. Lorsqu'il rompit leur baiser, elle pantelait, le regard voilé de désir.

— Tout ce que tu veux, Clem. Demande et tu l'auras.

Il reprit sa bouche, et la réalité s'effaça autour d'eux. L'hôpital n'était plus qu'un lointain bruit de fond. Plus rien n'existait que la douceur des lèvres de Clem et son corps souple moulé contre le sien.

9.

Clem traversa la jolie place médiévale où vivait Akil, consciente qu'Henri, dans l'ombre, veillait sur elle. Contre toute attente, elle s'était habituée à sa présence permanente. Cela ne la dérangeait plus de savoir que même invisible, il pouvait surgir de nulle part à tout instant. Les seuls moments où il prenait ses distances étaient quand elle était avec Akil. Son expérience dans les forces spéciales le rendait assez fiable pour qu'Henri ne les accompagne pas, même s'il restait toujours joignable – et sans doute jamais très loin.

Une routine s'était mise en place ces dernières semaines. Henri la conduisait en ville, comme si la princesse se rendait à la Cour. En réalité, il facilitait son changement de tenue pour lui permettre de se promener avec Akil ou se rendre à l'hôpital. Le soir venu, ils se livraient au processus inverse.

Sa solitude de la première semaine n'était plus qu'un mauvais souvenir. Toutes ses journées étaient désormais bien remplies. L'hôpital occupait une bonne partie de son temps. Lucy était rentrée chez elle après avoir été autorisée à sortir huit jours plus tôt. Mais les talents de conteuse de Clem avaient fait le tour du service pédiatrique, si bien qu'elle faisait maintenant la lecture à des groupes dans la salle commune. Ces séances l'épanouissaient plus qu'elle ne l'aurait cru. Ce n'était pas comme être sur scène. Mais elle transportait les enfants dans des univers fantastiques et leur faisait vivre la magie de l'histoire. Cela valait toutes les grosses productions du monde. Et qui sait si elle ne pourrait pas s'investir dans un projet plus ambitieux ? Peut-être monter un petit spectacle ? Elle avait beau s'interdire de se projeter dans l'avenir, les idées fusaient dans sa tête et faisaient leur chemin.

Le reste du temps, elle était avec Akil. Il continuait le bénévolat deux jours par semaine et passait la plupart de ses matinées sur ses mails. Mais ses après-midi et ses soirées étaient tout à elle. Ils avaient enfin réussi à aller à l'opéra et au théâtre, pour une comédie cette fois. Ils avaient également testé plusieurs petits restaurants familiaux, là où un éminent politicien ne risquait pas d'être pris en photo par des journalistes. Tout lieu susceptible d'être fréquenté par l'élite était écarté d'office. Tant qu'ils se cantonnaient aux quartiers touristiques, il n'y avait aucun danger, lui avait assuré Akil. Jusque-là, sa prédiction s'était vérifiée. Clem en oubliait parfois qu'elle était un imposteur aux Asturies, et non une simple touriste.

Ensemble, ils avaient effectué plusieurs des parcours de randonnée des environs. À chaque point d'arrivée, il y avait un café où ils s'étaient assis pour déguster un sandwich accompagné d'une bière bien fraîche. D'autres fois, ils s'étaient contentés de visiter les charmants petits villages dignes de cartes postales dispersés à travers la vallée. Certaines sorties avaient été plus sportives : course de kayak sur la rivière et descente en rappel dans la montagne. Il y avait si longtemps que Clem ne s'était plus sentie aussi vivante ! Elle débordait d'énergie !

Mais la cerise sur le gâteau était Akil lui-même. Son sourire. Son regard incandescent. Ses gestes attentionnés. Ils prenaient plaisir à faire durer la phase de séduction. Leurs baisers se faisaient chaque jour plus fiévreux, leurs étreintes plus intimes, sans que ni l'un ni l'autre ne cherche à précipiter les choses. Rien ne pressait. Ils avaient tout le temps.

Clem consulta sa montre. Elle était en avance. Au lieu de se rendre directement chez Akil, elle décida d'explorer le quartier. Akil vivait au cœur même de la vieille ville où s'alignaient cafés au charme suranné et boutiques d'artisanat local. Tout ce qu'elle adorait.

Ses lunettes de soleil perchées sur son nez, elle tourna dans la ruelle la plus proche. Les hauts édifices de quatre étages la dominaient avec leurs encorbellements saillant au-dessus de sa tête. Cette partie de la capitale datait de plusieurs siècles, riche d'une histoire imprégnant chaque pavé, chaque façade à colombage, et l'on devinait les anciennes boucheries et tanneries devenues bijouteries et galeries d'art pour séduire les touristes. Clem flânait de vitrine en vitrine, admirant les ravissants articles faits main exposés aux passants.

L'un d'eux dans une bijouterie retint son attention. Un bracelet en or et argent inspiré de branches d'arbre entrelacées. Sa mère aurait eu un coup de cœur. Tout ce qu'elle portait avait un lien avec la nature, de ses tenues aux motifs floraux à ses délicates boucles d'oreilles en forme d'hirondelles. Peut-être devrait-elle l'acheter ? Non qu'elle eût besoin d'un bijou pour se remémorer sa mère. Cédant à la tentation, elle se décida à entrer dans la boutique. Elle en ressortit quelques minutes plus tard avec un bracelet pour elle et un autre pour sa sœur, ainsi qu'une paire de boutons de manchettes pour Akil. Ils n'en étaient pas vraiment au stade de se faire des cadeaux. Mais elle tenait à lui offrir quelque chose. Un souvenir d'elle quand tout serait fini.

Temps de retourner chez Akil. En chemin, elle s'arrêta dans une boulangerie. Les *casadiellas* dans la vitrine lui avaient donné l'eau à la bouche. Ces dernières semaines, elle était tombée amoureuse des pâtisseries asturiennes au point de ne plus pouvoir s'en passer. De retour sur la place, elle sonna à l'entrée de l'immeuble d'Akil, puis monta deux à deux l'escalier désormais familier. La porte était ouverte à son arrivée.

— Bonjour, lança-t-elle.

Akil, debout dans l'embrasure, la détailla de la tête aux pieds. Clem se félicita de son choix de tenue : un chemisier blanc en dentelle sur une jupe en soie jaune vif. Pas franchement pratique. Mais elle aimait la façon dont la jupe virevoltait autour de ses jambes. La coupe du chemisier était flatteuse, faussement sage avec son col montant, mais soulignant chacune de ses courbes. Elle se sentait belle et féminine. Akil semblait conquis à en croire son regard brillant.

— Bonjour. Tu es superbe aujourd'hui.

Sa voix grave se répercuta dans chaque fibre de son être.

— Merci. Tu n'es pas mal non plus.

Ce n'était rien de le dire. En jean et chemise en lin, il exsudait une saine virilité par tous les pores.

— J'ai apporté des pâtisseries, dit-elle en lui tendant le sachet.

Son sourire ravageur mit son cœur sens dessus dessous.

— Alors tu es doublement la bienvenue.

Il captura sa bouche dans un langoureux baiser. Son corps répondit avec la même ferveur. Ce genre de passion était nouveau pour elle. Elle se liquéfiait contre lui, les jambes en coton. Aucun autre homme ne lui avait jamais fait un tel effet.

Pour finir, il la fit entrer. Clem se dirigea droit vers Tigrou, qui roula sur le dos en ronronnant pour se faire gratter le ventre.

— Salut, toi ! Comment ça va ?

Tigrou s'étira de tout son long tel un pacha.

— Je crois que je suis jaloux de mon chat, dit Akil en riant.

Elle lui lança un regard malicieux.

— Les chats sont nos maîtres, tu le sais bien. Impossible de leur résister.

Pendant qu'elle continuait à caresser Tigrou, Akil arrangea les pâtisseries sur une assiette, remplit deux tasses de café fumant et apporta le tout sur un plateau qu'il déposa sur la table basse. Puis il vint s'asseoir à côté d'elle sur le sofa et elle se rapprocha de lui. Elle aimait ces petits moments rien qu'à eux, isolés dans leur bulle.

— Comment ça s'est passé à l'hôpital ce matin ?

— Bien, répondit-elle. Il y avait quelques nouveaux visages à la lecture. Je n'en reviens pas d'avoir cette chance. Chaque jour, je m'attends à ce qu'on me demande ce que je fais là et qu'on me mette dehors.

— L'hôpital cherche toujours de nouvelles façons d'améliorer le séjour des enfants, dit Akil. Ne t'inquiète pas, je t'ai recommandée en personne.

— Et ça suffit ? Pas de références ? Pas de vérification de mes antécédents ?

— Tu n'es jamais toute seule avec eux, n'est-ce pas ?

— Non. Mais je ne pensais pas que ça deviendrait quelque chose de régulier. Que se passera-t-il quand je m'en irai dans trois semaines ?

— Je siège au Conseil de l'hôpital.

Clem ouvrit des yeux ronds. Pas étonnant que personne n'ait remis sa présence en question.

— Tu ne me l'avais jamais dit.

Il haussa les épaules.

— Ça n'est pas venu dans la conversation. Mais tu as montré qu'il y avait un besoin pour ce genre d'activité. Et pas seulement au service pédiatrique. Nous réfléchissons à généraliser la démarche.

— Alors comme ça, j'influence la politique de l'hôpital ?

— Tu as de l'intuition et le cœur sur la main. Je n'y aurais pas pensé sans toi.

La poitrine de Clem se gonfla de fierté. Elle n'était

peut-être pas une princesse, mais elle aurait quand même accompli une bonne action durant son passage aux Asturies.

— Alors que faisons-nous aujourd'hui ? demanda-t-elle en finissant sa *casadiella*.

Le visage d'Akil se fendit d'un large sourire.

— Le moment est venu de te présenter à celle qui compte le plus dans ma vie…

Clem se raidit. Il ne parlait quand même pas de sa mère ? Il était bien trop tôt pour cela ! Et puis, leur relation n'était qu'une passade. On ne présentait pas sa mère à une amourette de vacances. Sa sœur, alors ? Mais n'était-elle pas à l'étranger ? Il dut percevoir sa nervosité car il se hâta de préciser :

— Ma vedette.

D'accord. Là, elle était partante.

— J'adore les bateaux ! T'ai-je déjà dit que j'avais grandi au bord de la mer ?

— Une bonne centaine de fois. J'ai pensé que l'idée te plairait.

— Absolument !

— Bien. Dans ce cas, je me charge de l'approvisionnement.

— Tu veux dire le pique-nique ? le taquina Clem.

— Je ne tolérerai aucune insubordination sur mon bateau, madame. Au fait, préviens Henri que je te ramènerai. Nous risquons de rentrer tard.

Elle salua d'un geste moqueur.

— À vos ordres, mon capitaine !

Dans la seconde, elle se retrouva plaquée sur le sofa, prisonnière sous le poids d'Akil. Il la bâillonna d'un long baiser, avant de la chatouiller sans pitié jusqu'à ce qu'elle crie grâce et promette d'être un bon petit matelot.

Elle et lui, seuls sur l'océan… Un frisson d'anticipation la traversa. Elle adorait leur petit jeu de séduction. Mais peut-être était-il temps de passer à l'étape suivante. Elle entoura Akil de ses bras pour le maintenir contre elle, grisée par ses baisers, par son corps viril pesant sur le sien. Cette journée s'annonçait exceptionnelle.

Akil savait que son histoire avec Clem ne pouvait pas durer. Plus ils devenaient proches, plus la séparation serait difficile. Mais paradoxalement il s'en moquait. Chaque jour à ses côtés le faisait tomber un peu plus amoureux. Il aimait sa franchise et son côté pince-sans-rire. Entre eux, la conversation coulait avec fluidité. Et aucune autre femme n'avait jamais suscité en lui un tel désir. Ni elle ni lui n'avait parlé d'attendre. Cela s'était fait naturellement. C'était excitant de se découvrir petit à petit, de prendre son temps en sachant ce vers quoi on tendait. L'atmosphère vibrait d'électricité tandis qu'ils préparaient leur sortie, chaque geste, chaque regard chargé de tension sensuelle.

Avant de rejoindre la côte, ils sortirent faire les courses. Une tâche banale au possible, mais qui lui fit entrevoir un avenir étonnamment séduisant. Il se surprenait à prendre plaisir à débattre avec Clem de quel pain et quel fromage allaient le mieux ensemble, à hésiter entre gâteaux et biscuits pour finalement choisir les deux, à se demander s'ils avaient vraiment besoin d'autant de framboises. Ils quittèrent le magasin avec de quoi tenir une semaine en mer ! Le coffre fut chargé en deux temps trois mouvements. Puis direction le port où était amarré son bateau.

— Oh ! je reconnais cet endroit ! s'exclama Clem alors qu'il se garait sur le parking. C'est là où tu m'as amenée la première fois ! Sauf qu'Henri n'est pas avec nous aujourd'hui.

Akil descendit de voiture et fit le tour pour lui ouvrir la portière.

— Ça doit te changer de ne pas avoir de chaperon. Une chance que je sois passé par les forces spéciales.

— N'oublie pas ma ceinture noire en karaté, repartit-elle. Moi aussi, je sais me défendre.

— Je n'en doute pas un instant.

Ensemble, ils déchargèrent le coffre. Akil souleva le premier panier de provisions, puis le second. Clem, de son côté, prit les sacs contenant les fruits et les gâteaux.

— N'est-ce pas un peu trop lourd ? Veux-tu que je m'en occupe ?

— Inutile, déclina-t-elle. Je suis capable de porter deux sacs de courses. Tu es censé combattre le patriarcat, je te rappelle.

— C'est de la galanterie, pas du patriarcat, protesta-t-il.

Ils rirent à l'unisson.

— En tant que matelot, je me dois de mettre la main à la pâte, ajouta-t-elle.

— Quand tu seras sur le bateau. Je dois d'abord t'y inviter officiellement.

— Comme les vampires ? Vais-je m'évanouir en fumée si je monte à bord sans permission ? Je croyais que nous étions aux Asturies, pas en Transylvanie.

Il s'esclaffa et l'entraîna vers le port, un panier dans chaque main.

— Henri doit s'ennuyer, reprit Clem. Il n'a pas l'habitude d'avoir du temps libre. J'ai prétexté que j'attirais davantage l'attention avec un géant d'un mètre quatre-vingt-quinze sur les talons. Mais il a un don quasi surnaturel pour se rendre invisible. Cet homme serait prêt à donner sa vie pour Rosy. C'est rassurant de savoir qu'elle a quelqu'un comme lui qui la protège.

— Tu t'inquiètes à ce point pour elle ?

— Bien sûr ! Elle sera reine, un jour. C'est une position difficile. Heureusement qu'elle t'a comme ami.

Akil observa le ciel tandis qu'ils s'engageaient sur la jetée. Pas un nuage. La journée idéale pour sortir en mer. Il inspira l'air salé à pleins poumons. Il aimait ce moment où il laissait derrière lui la terre ferme aux falaises fleuries d'ajoncs, aspiré par l'appel des eaux turquoise s'étendant à l'infini. Ici, il n'était plus le vicomte d'Ortiz, pilier de sa famille, porteur des ambitions contrariées de son père. Il n'était plus un politicien, ni un homme ayant renoncé à ses rêves. Il était juste lui, Akil. Un répit devenu rare.

Plus rare encore était la chance d'en profiter avec quelqu'un. À vrai dire, c'était volontaire. Il n'avait jamais invité aucune femme sur son bateau. Naviguer était un plaisir personnel qu'il n'était pas prêt à partager. Jusqu'à aujourd'hui.

— Lequel est le tien ? demanda Clem.

La plupart des bateaux jetaient l'ancre plus loin, leurs canots à moteur amarrés à la jetée faisant la navette. Akil déposa les paniers dans son propre canot.

— Là-bas, dit-il avec un mouvement du menton.

Malgré ses efforts pour ne pas se rengorger, Clem éclata de rire.

— Tu parles comme un père fier de sa fille. Ou un mari fier de sa femme.

— Elle est l'amour de ma vie, admit-il.

Il ne plaisantait qu'à moitié. Akil se sentait rarement libre d'être lui-même, y compris avec sa sœur ou ses amis secouristes. Il n'oubliait jamais l'image qu'il projetait, le poids de ses responsabilités ou les attentes qu'on avait de lui. Il n'y avait qu'en mer qu'il s'autorisait à lâcher du lest. Hélas, l'occasion ne s'en présentait pas souvent.

— Ta fierté est justifiée, concéda Clem. Elle est magnifique.

— Je ne voulais pas d'un de ces énormes yachts avec leur équipage, expliqua Akil. Je préférais une embarcation plus petite que je puisse manœuvrer moi-même, mais assez grande pour prendre le large ou explorer la côte pendant une semaine si l'envie m'en prend.

Le ton de Clem se fit envieux.

— J'ai toujours rêvé d'avoir mon propre bateau. Mais je n'en ai jamais eu les moyens. Actrice n'est pas la profession la plus lucrative. J'ai bien de l'argent de côté, mais pas de quoi financer l'entretien d'un bateau. Tu la sors souvent ?

— Pas autant que je le voudrais. Elle mérite mieux que les quelques jours que je lui consacre dans l'année.

— Mais tu es là, aujourd'hui.

— *Nous* sommes là, alors profitons-en. Après toi.

Clem sauta avec grâce à bord du canot pneumatique et s'assit à l'avant. Akil défit la corde, puis sauta à son tour, démarra le moteur et dirigea la navette vers son bateau. Lorsqu'ils furent à sa hauteur, Clem prit le gouvernail tandis qu'il attachait le canot à la poupe. Il lui tendit ensuite la main pour l'aider à monter l'échelle. Ensemble, ils hissèrent le canot à l'aide du treuil et l'arrimèrent solidement. Enfin, elle promena les yeux sur l'objet de son orgueil.

— Magnifique, répéta-t-elle.

Akil n'avait pas fait preuve de modestie. Sa vedette était compacte, dotée d'une seule cabine incluant toutefois un large lit double ainsi que de nombreux rangements. Mais elle était idéale pour lui, rapide, facile à manier, avec beaucoup d'espace sur le pont et tout le confort nécessaire : salon d'extérieur, bar, barbecue et plate-forme de bain. Sa taille raisonnable lui permettait d'amarrer dans n'importe quel port ou crique de son choix. Avec la mer à portée de main, il n'avait pas besoin de jacuzzi et autres équipements superflus dont s'entouraient ses pairs sur leurs yachts de luxe.

La visite ne prit pas longtemps. Clem se montra enthousiaste, s'extasiant sur les divers gadgets et l'aménagement intelligent de l'espace lorsqu'ils rangèrent les provisions.

— Certains de mes amis ont des bateaux de pêche, dit-elle. Rien de comparable à cette beauté. Mais j'y ai appris les bases de la navigation, alors mets-moi au travail !

— Dans ce cas…

Akil lui désigna la barre.

— Ça te dirait de la sortir ?

— Vraiment ?

Son sourire ravi était la plus belle des récompenses.

— Tout à fait. Tiens, tu tournes cette clé pour démarrer

et les vitesses sont là. Appelle-moi si tu as besoin d'aide. Je me charge de l'ancre.

Akil avait confiance en Clem. Elle lui donna raison en dirigeant habilement la vedette vers le large. Appuyé contre le bastingage, il l'observa manœuvrer avec aisance entre les bouées balisant le chemin. Elle se tenait fière et droite, cheveux au vent, les yeux plissés vers l'horizon. La bouche d'Akil s'assécha. Elle était sublime, une néréide dans son milieu naturel. Jamais il n'aurait cru possible de se sentir autant d'affinités avec quelqu'un. À son contact, il redevenait lui-même. Quelle ironie que ce ne soit que pour quelques semaines…

Il écarta cette pensée. Quelle importance ? Il avait l'habitude de saisir ces rares moments de grâce quand ils se présentaient. Clem ne faisait pas exception.

— Quelle direction ?

La question de la jeune femme le tira de ses réflexions. Il la rejoignit à la barre.

— À toi de décider. Bâbord nous emmènera vers les stations balnéaires huppées de la côte. Une destination de choix pour les amateurs de cocktails et de sophistication. Ça vaut le détour.

— Je n'en doute pas. Et si je vais à tribord ?

— Alors prépare-toi à découvrir des criques secrètes uniquement accessibles par la mer. Pense havre de paix, vue de rêve et lieu de baignade exceptionnel. Le cadre idéal pour un pique-nique.

— Mmm, le choix est cornélien.

Elle tourna la barre à tribord.

— Il y a juste un problème.

— Lequel ?

— Tu as parlé de baignade… J'aurais dû y penser tout à l'heure quand nous faisions les magasins. Je n'ai pas de maillot de bain.

Akil l'enlaça par-derrière et l'embrassa dans le cou.

— Qui a dit que nous en avions besoin ?

Ses mots firent leur effet. La respiration de Clem s'accéléra. Même de dos, il sentait le mouvement erratique de sa poitrine. Devinait ses joues en feu. Ses pupilles dilatées. Son propre souffle se raccourcit comme la fièvre le gagnait à son tour.

— Est-ce ta technique de séduction ? demanda-t-elle d'une voix enrouée. Tu emmènes les femmes qui te plaisent sur ton bateau et leur proposes de se baigner, mais oups ! Pas de maillots !

— Je ne suis pas si machiavélique…

Il marqua une pause délibérée.

— Tu es la première femme que j'invite à bord.

Il y eut un silence, le temps que Clem prenne la mesure de ce que cela impliquait. Lentement, elle pivota sur elle-même, se hissa sur la pointe des pieds et couvrit sa bouche de la sienne.

— À quoi jouons-nous, Akil ? murmura-t-elle.

Il écarta une mèche de son front.

— Je ne sais pas, répondit-il avec honnêteté. Mais il n'y a aucune obligation. Nous pouvons continuer à naviguer ou faire demi-tour et en rester là. Tu n'as qu'un mot à dire.

Elle secoua la tête.

— Je ne veux pas en rester là.

D'instinct, il sut qu'elle ne parlait pas seulement de la sortie en mer.

— Alors laissons-nous porter par le vent.

Elle le dévisagea un instant, le regard grave, presque craintif. Puis elle parut s'ébrouer mentalement et sourit avant de reprendre la barre. Akil glissa les bras autour de sa taille, le nez enfoui dans ses cheveux. Dans une autre vie, elle aurait été une femme ordinaire et lui, un homme sans destin tout tracé. Alors ce qu'ils vivaient depuis quelques semaines aurait pu être le début d'un long voyage, sincère et merveilleux…

Dans une autre vie.

10.

— Ce pique-nique était délicieux.

Clem couva les restes des yeux, avant de repousser fermement son assiette.

— Non, ne me laisse pas me resservir ou tu vas devoir vider des ballasts pour nous ramener.

Non qu'elle fût pressée de rentrer. Elle aurait voulu naviguer indéfiniment sans songer au lendemain. Laisser derrière elle ses doutes lancinants sur l'avenir. La mer, un courant favorable et Akil, c'était tout ce dont elle avait besoin. Avec lui, elle était pleinement elle-même. Ses vêtements étaient froissés, ses cheveux emmêlés par le vent. Elle ne portait aucun maquillage. Mais il s'en fichait.

— Fini de manger, décréta-t-il. Le soir commence à tomber. Que dirais-tu de déboucher le champagne et porter un toast à la vue ?

Elle en valait la peine. Clem avait longé la côte rocheuse sur une trentaine de kilomètres, jusqu'à une large baie déserte où ils avaient jeté l'ancre. Après avoir hésité à rejoindre la plage en canot, ils avaient finalement décidé de rester sur le pont.

— Du champagne ? Boire ou tenir la barre, il faut choisir, non ?

Akil s'étira sur son transat, et son polo se souleva, juste assez pour lui offrir un aperçu de ses abdominaux sculptés.

— L'avantage d'un bateau, c'est qu'on n'a pas besoin

de conduire en état d'ébriété. On peut simplement rester sur place.

Un frisson d'excitation parcourut Clem.

— Tu veux dire, passer la nuit ici ?

Le regard d'Akil étincela.

— Ici ou plus loin le long de la côte. Les possibilités sont infinies.

— Je vois. Alors cette sortie n'était qu'une ruse. Tu es secrètement un pirate qui enlève les fausses princesses et les retient captives sur son navire ?

Clem se considérait comme une femme moderne. Mais l'idée l'émoustillait. Akil ferait un pirate convaincant. Lui d'ordinaire toujours tiré à quatre épingles affichait sur son bateau une séduisante décontraction. Son col déboutonné laissait entrevoir un torse viril, aussi musclé que ses bras dénudés. Avec son teint bronzé par le grand air et ses cheveux ébouriffés, il projetait une aura de danger digne de ses ancêtres guerriers.

— C'est tentant. Mais je ne suis pas un sauvage, la déclara-t-il.

— Dommage…

Son sourire carnassier alluma un feu dans son bas-ventre.

— Vois-tu, reprit-il en la déshabillant du regard, je n'enlèverais pas une femme qui ne me désire pas autant que moi, je la désire. J'ai très envie de toi, Clem. Alors que faisons-nous ? La balle est dans ton camp. Peut-être est-ce toi, le vrai danger. La princesse pirate charmant les guerriers pour les plier à sa volonté…

Clem écoutait, en transe. Akil était si proche que son odeur salée aux notes de bois de santal lui tournait la tête. Ses sens exultaient du seul fait d'être près de lui. Tout son corps palpitait, ses seins à l'étroit dans leur carcan de dentelle, réclamant une délivrance qu'il serait si facile d'obtenir.

Akil fit courir son pouce sur ses lèvres.

— À toi de voir, Clem.

Non ! C'était injuste de la laisser décider. Sauter le pas la rendrait vulnérable, plus encore qu'elle ne l'était déjà. Elle avait besoin d'être rassurée. D'entendre qu'elle et lui en valaient la peine. Qu'ils avaient un avenir après ce soir. Même si c'était un mensonge. Il était encore temps de faire marche arrière et changer de sujet. En se rapprochant d'Akil ces dernières semaines, elle avait joué avec le feu. S'ils faisaient l'amour, elle se brûlerait les ailes pour de bon. Mais si elle reculait maintenant…

Ne regretterait-elle pas toute sa vie ce moment de lâcheté ? Elle voulait le connaître intimement, corps et âme, et se dévoiler à lui de la même façon. N'était-ce pas ce vers quoi ils cheminaient depuis la visite touristique ? Non, depuis leur toute première rencontre ? Elle le désirait comme elle n'avait jamais désiré personne. Alors pourquoi se priver ? Akil lui donnait carte blanche. C'était *elle* qui décidait. *Son* désir qui passait avant tout. Pour une femme habituée à rester dans l'ombre, ce pouvoir était une grisante nouveauté.

— J'ai pris ma décision.

Elle se leva et le regarda droit dans les yeux. Assez réfléchi. Soudain, tout était limpide. Ils avaient envie l'un de l'autre. Rien d'autre ne comptait.

— C'est toi que je veux, Akil. Ici, ce soir.

Il se leva aussi, un sourire victorieux aux lèvres.

— Alors approche.

Envolé, le gentleman suave et courtois. Devant elle se tenait un homme qui savait ce qu'il voulait – elle – et touchait son objectif du doigt. Mais elle était son égale sur ce point, sûre d'elle et de son emprise sur lui. Il n'y avait pas plus puissant aphrodisiaque au monde.

Elle fit un pas vers lui. Un seul.

— À toi.

Il arqua un sourcil amusé. Clem n'était pas dupe. Sa démarche nonchalante était calculée, celle d'un prédateur prêt à fondre sur sa proie. Il laissa un espace entre eux et soutint son regard, la défiant de le combler. Au lieu de quoi, Clem porta la main à son col. Lentement, elle défit le premier bouton. Akil déglutit.

— Il fait chaud, tu ne trouves pas ? susurra-t-elle, délibérément aguicheuse.

Elle ouvrit un deuxième bouton, puis un troisième.

— Peut-être devrions-nous aller nous rafraîchir…

Les deux derniers boutons défaits, elle fit glisser son chemisier sur ses épaules. Sa main se posa ensuite sur la fermeture de sa jupe.

— Tu as parlé de baignade, je crois ?

La jupe tomba sur ses chevilles. Elle se dégagea, puis dégrafa son soutien-gorge, qui rejoignit le reste de ses vêtements par terre. Akil semblait avoir cessé de respirer.

— Si nous faisions la course ?

Elle garda sa petite culotte, pas encore prête à franchir cet ultime cap. Sautant sur la plate-forme de bain, elle rejeta ses cheveux en arrière avec un clin d'œil provocant.

— Le dernier à la plage a perdu…

Akil réagit avec une seconde de décalage. Il s'était figé quand Clem avait commencé à s'effeuiller, envoûté par le spectacle de ce corps sublime se dévoilant peu à peu sous ses yeux. Enfin, il touchait au but ! Clem était à lui. Mais le temps de reprendre ses esprits, elle s'était esquivée en exécutant un plongeon d'une précision parfaite. Il admira un instant les lignes déliées de son corps fendant les vagues en direction de la plage, avant de se déshabiller en quatrième vitesse et plonger à son tour.

La mer était calme, l'eau délicieusement fraîche. Idéal pour se baigner. Il s'élança à la poursuite de Clem, galvanisé par l'adrénaline. Clem était excellente nageuse, mais il était mieux entraîné et la rattrapa sans mal. Ils nagèrent un moment côte à côte, jusqu'à ce que l'eau l'atteigne au torse. Alors il s'arrêta et la captura par la taille. Ses cheveux ruisselaient sur sa poitrine, qui se soulevait et s'abaissait rapidement après l'effort. Il se sentait comme Poséidon conquérant la plus séduisante des créatures marines. L'eau lui arrivait aux épaules, mais il savait ce qui se cachait sous la surface. Les seins ronds et fermes. Le ventre plat et les jambes interminables. Le triangle de soie qui, mouillé, révélait par transparence ce qu'il dissimulait auparavant. Une vague de chaleur l'envahit malgré la fraîcheur de l'eau. Il la plaqua contre lui et s'empara de sa bouche dans un élan possessif, auquel elle répondit avec la même férocité. Elle n'avait rien d'une nymphe effarouchée en l'agrippant par les cheveux, sa langue cherchant la sienne, ses seins écrasés contre son torse. Elle était une déesse prenant ce qu'elle désirait, au même titre que lui.

Il n'aurait su dire combien de temps ils restèrent ainsi. Tout ce qu'il savait était qu'il voulait plus. Il avait besoin de la toucher, d'explorer chaque centimètre carré de ce corps divin. Sans cesser de l'embrasser, il la fit peu à peu reculer vers la plage. L'eau baissait autour d'eux, le sable doux et humide sous ses pieds. Le soleil était encore brûlant en ce début de soirée. Mais moins que la peau de Clem contre la sienne. Sa main se referma sur un sein, dont il taquina du pouce la pointe durcie. La jeune femme gémit sous ses caresses. Alors il délaissa sa bouche pour parsemer sa gorge de baisers, jusqu'à son autre sein dont il aspira la pointe entre ses lèvres.

Le désir déferla dans son aine. Il la voulait ici, maintenant. *Patience*, s'exhorta-t-il en s'agenouillant, entraînant Clem avec lui. Bientôt, elle se retrouva sur le dos, étendue là, nue et offerte. Akil ne se fit pas prier. Il s'allongea sur elle et reprit avidement sa bouche. Clem ondulait contre lui avec fébrilité. Mais il voulait prendre son temps. La caresser partout, percer ses moindres secrets. Découvrir ce qui la rendait folle et se délecter de ses tressaillements chaque fois qu'il stimulait une nouvelle zone érogène. Son propre corps réclamait satisfaction. Jamais son self-control n'avait été mis à aussi rude épreuve.

— Maintenant, souffla Clem d'une voix enrouée qui faillit avoir raison de lui.

Au prix d'un effort surhumain, il se contint et l'embrassa.

— Clem… Nous devons retourner au bateau. Je n'ai pas pris de protection.

Quelle importance ? L'espace d'une milliseconde, Clem comprit comment le désir pouvait éclipser la raison. Mais la réalité reprit ses droits et elle se redressa à contrecœur, honteuse de son abandon.

— Ah.

— Comme tu dis. Mais je t'ai vue nager. Dans cinq minutes, nous serons à bord et pourrons continuer ce que nous avons commencé. Qu'en dis-tu ?

Une fois de plus, il lui donnait le choix, malgré la preuve on ne peut plus visible de son désir. Son excitation redoubla.

— Alors qu'attendons-nous ?

Elle le caressa ostensiblement des yeux, admirant chaque sillon et méplat, chaque muscle ciselé. Sous son regard suggestif, Akil frémit, pour son plus grand plaisir.

Ils regagnèrent le bateau en nageant au rythme l'un de l'autre. Clem atteignit l'échelle la première et grimpa, Akil juste derrière elle. Sitôt sur le pont, elle se retourna, pressée de retrouver ses bras et ses baisers. Le délai, loin de refroidir ses ardeurs, les avait attisées au contraire. Akil semblait dans le même état. À peine se jetait-elle à son cou qu'il la soulevait pour l'allonger sur un double transat.

— Ne bouge pas, intima-t-il en s'éloignant.

Clem obéit, tremblante d'anticipation. Il réapparut peu après dans toute sa glorieuse nudité, un paquet de préservatifs à la main. Seigneur, ce n'était pas humain d'être aussi sexy ! Il laissa son regard errer sur elle, comme elle l'avait fait sur la plage. Sa peau s'embrasait partout où ses yeux s'attardaient.

— Tu es si belle… Une vraie déesse.

— Assez parlé, décréta-t-elle.

Il rit en s'asseyant près d'elle.

— Mais je pourrais déclamer un poème sur tes yeux… Un sonnet sur ta bouche… Un haïku sur ton cou…

Son index traça son arcade sourcilière, puis dessina ses lèvres, avant de descendre plus bas.

— Tes seins méritent une ode…

Elle gémit comme son doigt titillait un téton, très vite remplacé par sa langue.

— Ton ventre, une élégie. Quant à cet endroit…

Sa main glissa vers l'intérieur de sa cuisse.

— Une épopée ne suffirait pas à lui rendre justice.

Clem haletait, chavirée. Une tension brûlante grandissait au cœur de sa féminité. Jamais elle ne s'était sentie aussi désirée. Aucun homme ne l'avait jamais regardée comme si elle était la réponse à toutes ses prières. Elle non plus n'avait jamais eu envie d'un homme avec une telle ferveur. Tout en lui l'excitait. La force de ses bras autour d'elle. Le jeu de ses muscles sous ses paumes. Ses tablettes de chocolat dures comme le roc. Sa propre main partit à l'aventure. Akil émit un grognement rauque et contre-attaqua en l'embrassant partout, ses lèvres sûres d'elles. Sur le ventre, sur les hanches, sur les jambes…

— Ici, rien de mieux qu'une ballade, souffla-t-il entre ses cuisses.

Clem cria de plaisir, incapable de lutter plus longtemps. Toute pensée déserta son esprit comme un torrent de sensations l'inondait, vague après vague. Au plus fort de l'extase, Akil s'unit à elle, et ce fut comme s'ils avaient été modelés l'un pour l'autre.

Le temps cessa d'exister. Peu à peu, elle revint à elle, comblée et languide entre ses bras. Elle resta là, ne sachant que dire ou que faire. Elle n'avait jamais rien ressenti de tel avec personne d'autre. Faire l'amour n'avait jamais été aussi intense, ni aussi bouleversant. Elle avait envie de crier sa joie et pleurer en même temps. Akil dut le comprendre, car il la serra contre lui.

— Tout va bien ? s'enquit-il.

— À merveille. Et toi ?

Son rire grave résonna dans sa poitrine.

— À merveille aussi.

— Tant mieux.

Ils savourèrent ce moment de tendre intimité. Pour finir, Akil se redressa.

— Je t'avais promis du champagne, non ?

— Je peux m'en passer, assura-t-elle.

Elle préférait le garder contre elle sur le transat. Mais il s'était déjà levé.

— Nous avons la mer, le ciel étoilé… Il manque la touche finale.

Deux minutes plus tard, il revenait avec une couverture, une bouteille dans un seau de glace et un bol des framboises achetées avant de partir. Ils se mirent à l'aise, admirant les étoiles en picorant des framboises entre deux gorgées de champagne, parlant de tout et de rien. À mesure que la bouteille se vidait, un silence confortable s'installa. Il n'y avait pas deux heures qu'ils avaient fait l'amour, mais quand Akil l'embrassa, le désir pulsa entre ses reins. Clem y répondit avec un empressement qui l'aurait stupéfiée si elle avait été en état de penser.

Plus tard encore, toujours sous les étoiles, elle sombrait doucement dans le sommeil, en sécurité dans les bras d'Akil.

— Je t'aime, murmura-t-elle, à demi endormie.

Elle n'était même pas sûre d'avoir prononcé ces mots tout haut. Peut-être dormait-elle déjà. Et peut-être avait-elle seulement rêvé la réponse soufflée au creux de son oreille :

— Je t'aime aussi, Clémence Beaumont.

11.

Clem soupira d'aise sur son transat. Encore une chaude journée ensoleillée sans rien d'autre à faire que nager et bronzer. Autant en profiter. La parenthèse enchantée ne durerait pas éternellement. Ce n'était pas en Angleterre qu'elle allait jouir d'une météo aussi resplendissante jour après jour. Surtout maintenant que l'été touchait à sa fin.

Le temps était passé si vite ! Dans moins d'une semaine, elle rentrait en Cornouailles et Arrosa revenait aux Asturies préparer la ratification. Cela faisait un moment qu'elles ne s'étaient pas parlé de vive voix, même si elles avaient échangé quelques messages. Clem ignorait tout de l'état d'esprit de sa sœur à quelques jours de reprendre sa vie normale. Elle-même se posait beaucoup de questions.

Aussi agréable qu'ait été son séjour à la villa d'Arrosa, elle n'était décidément pas faite pour une vie oisive. Bronzer et se baigner ne valaient pas ses séances de lecture à l'hôpital. Chaque jour, elle attendait avec impatience l'heure de retrouver les enfants et les émerveiller par ses histoires. Après en avoir discuté avec Akil, elle s'était renseignée en ligne sur les qualifications requises en ergothérapie et dramathérapie. Elle avait également contacté un ami membre d'une troupe de théâtre travaillant auprès des enfants hospitalisés, ainsi que d'autres publics dans divers types d'établissements. Elle n'avait toujours aucun projet concret. Mais un chemin commençait à se dessiner devant elle. C'était un premier pas.

Seule ombre au tableau : rentrer en Cornouailles signifiait quitter Akil. Si cette perspective l'attristait auparavant, elle lui était devenue insupportable depuis leur sortie en mer. Ils continuaient à se voir tous les jours, bien que la fin de l'été marquât le retour des responsabilités d'Akil, sonnant le glas de leur aventure de vacances. La prudence était toujours de mise. La dernière chose dont ils avaient besoin était qu'on s'interroge sur l'identité de Clem. C'est pourquoi elle continuait à quitter le domaine sous les traits de sa sœur, avant de se changer dans un coin discret. Quand ils sortaient, ils se mêlaient à la foule de touristes, là où Akil ne risquait pas de croiser amis et collègues.

Clem se rembrunit. Si le subterfuge l'amusait au début, il commençait à perdre son charme. C'était désormais une contrainte lui rappelant chaque jour pourquoi leur relation devait rester secrète. Et pourquoi elle arrivait à son terme. Elle et Akil aimaient paresser au lit à s'imaginer une vie en mer avec la Cornouailles pour port d'attache. Mais ce n'était que des chimères, ils le savaient tous les deux. Quitter les Asturies n'était pas une option pour lui, pas plus que rester ne l'était pour elle. Tout ce qu'elle avait toujours voulu était quelqu'un qui l'aime, la soutienne et fasse d'elle sa priorité. Akil remplissait les deux premiers critères…

Mais pas le troisième.

Au moins, ni lui ni elle n'avait été assez naïf pour reparler d'amour. Ce qui ne l'empêchait pas d'y penser, ni n'effaçait ses sentiments.

Elle ferma les yeux, reléguant ces questions dans un coin de son esprit. Ils avaient encore une semaine devant eux. Peut-être une solution se manifesterait-elle d'ici là ? Akil pourrait lui demander de rester. Ou elle, lui suggérer l'idée. Personne ne savait qui elle était. L'Anglaise Clem Beaumont n'avait rien à voir avec la famille royale des

Asturies. Mais voulait-il plus qu'une liaison de vacances ? Et elle ? Ils n'avaient jamais abordé le sujet.

Perdue dans ses pensées, elle ne prêtait guère attention aux bruits autour d'elle. La rumeur des jardiniers vaquant à leurs occupations. Le crachotement du talkie-walkie d'un garde du corps. Un crissement de pas dans l'allée.

Des pas ? Clem rouvrit les yeux. Elle n'attendait aucune visite. Akil travaillait ce matin et personne d'autre ne venait la voir. En bikini, elle enfila en hâte un gilet, juste au moment où son visiteur jaillissait du coin de la villa.

— Ah, te voilà, Clémence.

Un torrent d'émotions submergea Clem. Il y avait si longtemps qu'elle n'avait plus vu son père. Se retrouver soudainement face à lui la déstabilisa, l'espace d'un instant. Elle se ressaisit aussitôt et lui réserva un accueil poli, mais distant.

— Bonjour, Zorien. Je ne t'attendais pas. J'ai dû manquer ton message.

Elle ne l'appelait jamais « papa ». On lui avait interdit d'utiliser ce terme, même en privé, au cas où les murs aient des oreilles. Sécurité avant tout.

— Tu as l'air en forme, ajouta-t-elle. Je t'en prie, assieds-toi.

Même après toutes ces années, il n'avait pas changé. Toujours aussi grand et élancé. Toujours droit comme un I. Ses cheveux n'avaient pas encore commencé à grisonner. Ses yeux noisette, dont elle et sa sœur avaient hérité, la sondaient, leur expression impénétrable.

— Arrosa se lève et s'incline quand j'entre dans une pièce. Elle attend que je parle le premier et s'adresse à moi en disant « Votre Majesté ».

C'était donc tout ce qu'il trouvait à dire ? Clem sourit, feignant un calme qu'elle était loin de ressentir.

— Navrée, mon école publique ne m'a pas enseigné l'étiquette de la Cour. Une chance que nous soyons dehors et non dans une pièce. Tu n'es pas non plus *ma* Majesté, puisque je ne suis pas une citoyenne des Asturies.

Ce dernier point était une pomme de discorde entre eux. Le nom de Zorien n'apparaissait pas sur son acte de naissance, ce qui l'empêchait de prétendre à la nationalité asturienne, de la même façon qu'elle possédait la double nationalité française et britannique grâce à sa mère.

— Un domestique ou un garde du corps pourraient te voir bafouer le protocole. Ne baisse jamais ta garde, Clémence.

— Personne ne nous regarde, répliqua-t-elle. D'ailleurs, que feraient-ils ? M'arrêter pour manque de courtoisie ?

— Toujours l'esprit de contradiction, à ce que je vois.

Premières retrouvailles depuis des années et ils se disputaient déjà. Certaines choses ne changeaient pas. Lorsqu'il était venu à son dix-huitième anniversaire, ils avaient tenu un quart d'heure avant qu'elle ne claque la porte après qu'il eut décliné d'assister à sa dernière pièce scolaire. Non seulement elle y jouait le rôle principal, mais elle avait aussi participé à sa réalisation. Elle s'était énormément investie et tenait à ce que ses deux parents soient là. Mais bien sûr, il avait refusé. Comme il refusait de se promener dehors avec elle au cas où on les voie. Ou de l'inviter en vacances aux Asturies. Furieuse et blessée, elle l'avait accablé de reproches, rattrapée par des années de ressentiment refoulé. Zorien s'était contenté de partir. Peu après, il lui avait fait comprendre qu'il était désormais trop risqué de laisser Arrosa passer ses étés en Cornouailles.

Leur relation ne s'en était jamais vraiment remise. Comment l'aurait-elle pu ? Se réconcilier nécessitait d'aller l'un vers l'autre. Les appels de Zorien étaient sporadiques. Ses visites, plus encore.

Zorien avait fait son devoir en assurant sa sécurité matérielle. Un compte avait été ouvert pour elle avant sa naissance, sur lequel de l'argent était déposé à chaque Noël et chaque anniversaire. À la mort de sa mère, elle avait hérité du cottage. Souvent, elle avait été tentée de lui jeter sa fortune à la figure. De lui hurler qu'elle n'avait pas besoin de lui. Mais c'était faux. Sans lui, elle n'avait plus rien. Plus de famille. Plus de filet de sécurité. Plus aucune preuve de qui elle était ou d'avoir jamais compté pour quelqu'un.

Il était là, aujourd'hui. C'était ce qu'elle voulait. Elle avait tant espéré sa visite ! Allait-elle vraiment laisser de vieilles rancunes tout gâcher ?

— Je vais faire du café. Tu en veux ? offrit-elle d'un ton conciliant.

Il la dévisagea en silence, avant de hocher la tête.

— Volontiers.

Clem rentra à l'intérieur et lança la cafetière, puis fila dans sa chambre passer une robe sur son bikini et se brosser les cheveux. Après une hésitation, elle appliqua une touche de rouge sur ses lèvres, ainsi qu'un peu de mascara. Ce n'était pas qu'elle cherchait à impressionner son père. Plus à se protéger derrière un air de respectabilité. De retour à la cuisine, elle remplit une carafe de lait, disposa des biscuits dans une assiette et apporta le tout sur la terrasse, où elle s'assit en face de Zorien.

— Cet endroit est magnifique, dit-elle en lui servant une tasse de café. Presque autant que le cottage en Cornouailles. Il ne manque que la mer.

— Ta sœur semble heureuse ici, dit Zorien. J'avais mes réserves quand elle a voulu quitter le palais. Cette villa est un bon compromis. Arrosa mène une vie indépendante tout en continuant à être protégée.

Une indépendance toute relative, songea Clem. Ses moindres faits et gestes étaient surveillés de près. Mais Rosy paraissait l'avoir accepté. Ce n'était pas à elle de juger.

Zorien sirota son café, puis posa sa tasse.

— Comment vas-tu ? Cela n'a pas dû être facile pour toi, ces derniers mois.

— Je vais bien, comme toujours, répondit-elle avec une

légèreté forcée. Éviter les ennuis et n'avoir besoin de rien, c'est mon rôle, non ?

Zorien ne mordit pas à l'hameçon. Son regard s'adoucit, empreint d'une sollicitude inattendue.

— Tu n'aurais pas dû avoir à affronter seule la maladie de ta mère. Je suis désolé, Clémence. Plus que tu ne peux l'imaginer.

— Les infirmières que tu as engagées ont été un précieux soutien.

Le reconnaître était la moindre des choses.

— Maman a adoré tes petites attentions. Tu savais toujours comment lui remonter le moral.

Chaque jour, un nouveau cadeau arrivait. Ses fleurs préférées. Un châle en cachemire. Une corbeille de fruits frais. Une lotion haut de gamme. De délicieux gâteaux pour relancer son appétit déclinant.

— J'aurais dû être là. Venir la voir quand il était encore temps. Je crois…

L'espace d'une seconde, il lui parut vulnérable.

— Je crois que j'étais dans le déni. Ta mère était si pleine de vie ! Si quelqu'un pouvait triompher de son diagnostic, c'était bien elle.

Clem faillit rétorquer que s'il avait été là, il aurait compris la gravité de son état. Il aurait su que ceux qui s'occupaient d'elle au jour le jour n'avaient pas le luxe de rêver que tout finirait par s'arranger. Mais à quoi bon ? Elle opta donc pour une réponse diplomatique :

— Nous l'espérions tous.

Un silence s'installa, lourd du souvenir de sa mère. Simone était l'unique lien entre eux, la femme qu'ils avaient tous les deux aimée. Sans elle, que restait-il à sauver de leur relation ? Son père souhaitait-il vraiment renouer ? Ne serait-ce pas plus simple pour lui si elle disparaissait de sa vie ?

Zorien rompit le silence.

— Tu as été très occupée pendant ton séjour.

Clem fut aussitôt sur ses gardes. Mais il n'y avait aucune malice dans sa remarque.

— J'ai eu de bons échos de l'impact de tes lectures à l'hôpital. C'est généreux de ta part d'offrir ton temps. Exactement le genre de cause qu'aurait défendue ta mère.

— Ça s'est fait comme ça, par hasard. Mais ça me plaît.

— Vas-tu continuer après ton retour ?

Après son retour. Il n'y avait aucun doute dans l'esprit de son père qu'elle ne restait pas.

— Peut-être, confia-t-elle. Je me posais des questions sur mon avenir. Dix-huit mois de coupure ont changé la donne. Être actrice n'est plus si important pour moi. Je pensais reprendre une formation, peut-être dans le domaine de l'ergothérapie. Ce n'est qu'une idée pour l'instant. Je ne veux pas me précipiter. Mais quoi de plus gratifiant que de se mettre au service des autres ?

Elle attendit, dans l'expectative. Elle s'en voulait de quémander les encouragements de son père, mais c'était plus fort qu'elle. Son hochement de tête approbateur lui réchauffa la poitrine.

— C'est un projet prometteur. Je suis sûr que tu serais très douée.

— Merci.

— J'ai aussi entendu dire…

Nous y voilà. Le ton de Zorien était devenu sérieux, signe qu'il abordait à présent la vraie raison de sa visite. Non, il n'était pas venu prendre de ses nouvelles ou la féliciter pour son action bénévole. Il était là pour transmettre un message. Elle leva le menton, sur la défensive.

— Oui ?

— Que tu passais beaucoup de temps avec l'héritier des Ortiz, termina-t-il.

— Akil ? Oui, il a eu la gentillesse de me faire visiter la ville.

— J'apprécie que vous soyez restés discrets. Mais c'est

un jeune homme très en vue, en pleine ascension politique. La presse va finir par s'intéresser à vous et s'interroger à ton sujet.

— Une actrice anglaise en vacances aux Asturies, c'est tout ce qu'ils trouveront, contra-t-elle. Rien ne me rattache à toi, si c'est ce qui t'inquiète.

— Tu séjournes sur mon domaine, accompagnée par le garde du corps de ta sœur, insista son père. Un journaliste plus malin que les autres finira par faire le lien. Ce n'est pas tout, Clémence. Ta conduite soulève des questions. Arrosa se rend à la Cour, mais personne ne l'y voit sur place. J'ai prétexté qu'elle était avec moi. Combien de temps encore va-t-on croire qu'elle passe toutes ses journées cloîtrée dans mes appartements ? Le chef de l'armée reçoit des comptes rendus des allées et venues d'Arrosa. Ils montrent qu'elle rentre tard le soir, voire pas du tout. Si l'information fuite, les gens vont se demander où elle va et ce qu'elle fait.

Clem s'empourpra telle une gamine prise en faute. Dire qu'elle se félicitait de sa discrétion… Elle savait pourtant qu'Arrosa était étroitement surveillée. Comment avait-elle pu penser qu'une ou deux précautions suffiraient à donner le change ?

— Je ferai plus attention, promis. Je pars bientôt, de toute façon.

Mais elle savait que ce n'était pas ce qu'il voulait entendre. Il était venu lui intimer de ne plus voir Akil, pas de faire plus attention.

Zorien se pencha vers elle, le regard non dénué d'une certaine indulgence.

— L'échange était une bonne idée, Clémence. Ta sœur avait besoin d'une pause. Cela n'a jamais été facile pour elle d'être ma fille unique.

Clem accusa le coup. Sa fille *unique*. De quoi la remettre à sa place.

— Nous avons travaillé très dur à faire évoluer la loi,

bien qu'elle n'ait aucun réel désir d'être reine. Une part d'elle préférerait sans doute que rien ne change. Rien ne peut la préparer à la vie qui l'attend quand elle sera officiellement proclamée héritière. Ses moindres gestes, ses moindres paroles seront passés au peigne fin, aux Asturies comme à l'étranger. Elle a besoin de prouver qu'elle est digne et capable de gouverner le pays. Tout ce que nous faisons doit aller dans ce sens. Tu comprends ce que j'essaye de dire ?

— Oui, je comprends, grinça Clem. Je ne fais que ça, de comprendre. Les Asturies d'abord, moi après. Ça a toujours été ainsi, pas vrai, Zorien ?

Il secoua la tête.

— Pas toi, *nous*. Les Artega. Les Asturies d'abord, la famille après. Nous sommes les serviteurs de ce pays, nous ne devons jamais l'oublier.

— Ce n'est pas *mon* pays ! s'insurgea-t-elle. Tu as été très clair là-dessus !

— Mais tu es ici et tu l'aimes, n'est-ce pas ? Tu as visité ses côtes, ses montagnes, ses villages. Tu as goûté sa gastronomie et donné de ta personne dans ses hôpitaux. Tu as exploré notre héritage, qui est aussi le tien. Je sais quel sacrifice tu fais, plus grand à bien des égards que celui auquel ta sœur et moi avons consenti.

— Au moins, vous êtes là l'un pour l'autre…

Sa voix chevrotait, à son grand dam. Les larmes lui brouillaient la vue.

— Moi, je n'ai personne.

À part Akil. Elle savait depuis le début qu'ils devraient se dire au revoir. Mais pas si tôt. Pas comme cela.

— Je regrette de ne pas être plus présent dans ta vie, reprit Zorien. Arrosa aussi. Mais nous sommes qui nous sommes. La dernière chose dont nous avons besoin en ce moment est la publicité que provoquerait la découverte de ton identité. Je suis heureux que tu aies enfin pu venir aux Asturies. Mais Arrosa et toi devez maintenant reprendre vos vies respectives. La tienne est en Angleterre, Clémence. C'est le choix qu'a fait ta mère.

— Et si ce n'est pas le mien ?

— Ce que nous voulons et ce que nous avons à faire sont deux choses différentes. Regarde-toi, Clémence. Tu es une vraie Artega. Notre sang coule dans tes veines. Tu as fait ce qu'il fallait en donnant à ta sœur le recul dont elle avait besoin pour se préparer à son futur rôle. Toi aussi, tu as des projets d'avenir et je ferai mon possible pour t'aider à les réaliser.

— Tant que je les réalise loin d'ici.

Zorien hocha la tête.

— Après ce que tu as traversé, tu méritais de t'amuser un peu. Mais les vacances sont finies. Il est temps de rentrer chez toi.

Akil était inquiet. Ce n'était pas le genre de Clem d'ignorer ses messages. Il y avait plusieurs heures qu'il lui avait proposé de se voir et toujours pas de réponse. Elle n'était pas non plus à l'hôpital. Il évitait de se rendre trop souvent au domaine Artega pour ne pas éveiller les soupçons. Mais, lorsqu'elle ne décrocha toujours pas au troisième appel, la discrétion devint le cadet de ses soucis. Sans hésiter, il sauta dans sa voiture.

Il avait besoin de la voir. Impossible de se concentrer sur son travail ce matin. Chaque heure qui passait lui rappelait que Clem rentrait bientôt en Angleterre. Il avait été facile de ne pas y penser jusque-là. Quand ils avaient commencé à sortir ensemble, l'été leur paraissait infini. Et puis, ils savaient à quoi s'en tenir. Leur histoire n'était qu'une aventure de vacances. Un peu de légèreté tant que Clem était aux Asturies. Mais leur relation avait évolué au fil des semaines. Entre eux, c'était devenu beaucoup plus profond. L'heure de la séparation approchant, il devait se rendre à l'évidence : il était tombé amoureux de Clem.

Ironique, pour quelqu'un qui ne croyait pas à l'amour. Encore moins au coup de foudre. Leur rencontre l'avait changé. Il avait grandi dans l'idée que l'amour était une faiblesse qui vous détruisait. Mais être avec Clem le rendait plus fort. L'écouter, échanger avec elle, voir le monde à travers ses yeux, faisaient de lui un meilleur politicien et une meilleure personne. N'avait-elle pas inspiré ses nouveaux projets pour l'hôpital ? Était-elle une épouse sur mesure pour un homme de son rang ? Non. Mais il la préférait de loin à la parfaite femme de diplomate formée à ce rôle qu'il avait cru devoir épouser. Il avait besoin de quelqu'un qui le stimule et le complète. Quelqu'un qui lui donne le courage de dévoiler sa part de vulnérabilité.

Clem aussi avait besoin de lui, il en était certain. Aussi forte qu'elle soit, elle avait besoin d'être aimée. D'être utile. Elle était seule depuis trop longtemps. C'est pourquoi il allait lui proposer de rester aux Asturies. Avec lui. Un sourire flotta sur ses lèvres. Il imaginait leurs journées complices, leurs soirées dans les bras l'un de l'autre, leurs nuits d'amour tantôt torrides, tantôt voluptueuses. C'était plus qu'il n'avait osé rêver jusque-là. Comment une seule personne pouvait-elle vous métamorphoser à ce point ?

Il avait su dès leur première nuit sur le bateau qu'il ne la laisserait pas repartir. Mais il n'avait jamais trouvé le moment, ni les mots pour le lui dire. À présent, le temps pressait. Il avait même songé à la demander en mariage. Seule sa nature prudente l'en avait dissuadé. Le mariage de ses parents, né d'une idylle d'été, avait tourné au désastre. Il ne ferait pas la même erreur. Lui et Clem avaient besoin de passer le reste de l'année ensemble avant de prendre un tel engagement. Akil ne réclamait rien de plus.

Il y aurait des obstacles à surmonter, bien sûr. La vie de Clem était en Angleterre. Elle n'avait pas de travail ici. Ses propres obligations l'accaparaient beaucoup. Mais le nœud du problème restait l'identité de Clem. Elle était la fille illégitime du roi. Et, à l'en croire, ni Zorien ni les dignitaires de la Cour au courant de son existence ne toléreraient sa présence à long terme aux Asturies. Mais pas question de laisser cela les arrêter. Si elle voulait rester, ils trouveraient un moyen de les convaincre.

Akil n'avait toujours aucune nouvelle d'elle lorsqu'il arriva au domaine Artega. L'inquiétude lui nouait les épaules. Au portail, on le laissa entrer sans difficulté, comme à chaque fois. Mais les regards qu'échangèrent les gardes l'interpellèrent. D'instinct, il sut qu'il ne reviendrait plus voir Clem ici. Si ses visites commençaient à attirer l'attention, elles devaient cesser sur-le-champ.

Dans l'allée menant à la villa, une autre voiture arrivait en sens inverse. Akil serra à droite pour la laisser passer. Au moment où les deux véhicules se croisaient, il reconnut Zorien au volant, la mine austère. Préoccupée. Le roi lui adressa un signe de tête poli. Était-ce de la pitié dans son regard ? Pris d'un mauvais pressentiment, Akil accéléra en direction de la villa.

Sur place, il se rendit directement au lac, certain d'y trouver Clem. L'eau était son refuge quand elle était stressée. Sa silhouette se découpait sur la jetée où ils s'étaient rencontrés, dans une longue robe vaporeuse lui tombant aux chevilles. Elle tourna la tête à son approche. Elle avait les yeux rougis. Son père l'avait fait pleurer !

— Bonjour, lâcha-t-elle, un trémolo dans la voix.

Akil serra les poings. Il s'y connaissait en familles dysfonctionnelles. Mais Clem n'avait personne d'autre. Zorien ne le comprenait-il pas ? Qu'est-ce que cela lui coûtait d'être gentil ?

— Tout va bien ? Je m'inquiétais de ne pas avoir de réponse.

— Désolée. Mon père était là. Je n'ai pas encore regardé mes messages.

— Je l'ai croisé en arrivant. Il est enfin venu te voir. Comment ça s'est passé ?

Elle esquissa un pâle sourire.

— Comme je m'y attendais. Il me met à la porte.

Une colère noire s'empara d'Akil.

— Il n'en a pas le droit ! gronda-t-il en serrant ses mains dans les siennes.

— C'est le roi. Il a tous les droits.

— Nous sommes en démocratie. Et tu es majeure et vaccinée. Tu fais ce que tu veux.

Elle dégagea ses mains avec une tristesse résignée.

— Quelle importance, Akil ? Nous savions que ce jour devait arriver. Ce n'était qu'une aventure de vacances.

Akil la saisit par les épaules, les yeux plantés dans les siens.

— Pour moi, c'est plus que ça. Je t'aime, Clem. Et je crois que tu m'aimes aussi.

12.

Clem refoula ses larmes. Ce n'était pas le moment de se montrer faible.

— L'amour est un grand mot, Akil.

— Je ne le prononce jamais à la légère, plaisanta-t-il.

Mais son inquiétude était palpable. Elle se dégagea. Comment faire ce qu'elle avait à faire quand les mains d'Akil sur elle lui faisaient perdre ses moyens ?

— Même si je tombais amoureuse de toi, qu'est-ce que ça changerait ? Ma vie n'est pas ici et il n'y a rien pour toi en Cornouailles.

— Il y a toi.

Elle inspira pour se donner le courage de continuer.

— Mais ce ne serait pas assez, n'est-ce pas ? Tu as ton rôle ici, ton titre, ta promesse à ton père. Jamais tu n'abandonnerais tout ça pour moi.

Même si une part d'elle, égoïstement, l'espérait.

— Non, pas à long terme, reconnut-il. Mais qu'est-ce qui t'empêche de rester ? Tu n'auras qu'à continuer tes lectures à l'hôpital. Nous trouverons le financement pour créer un poste permanent si c'est ce que tu veux.

— Et après ? On s'installe ensemble ?

— Pourquoi pas ?

— Parce que ma place n'est pas ici, Akil. On ne veut pas de moi aux Asturies.

— Moi, si. Je parie que ta sœur aussi.

Clem savait qu'il essayait seulement d'aider. Mais chaque mot qu'il prononçait rendait sa tâche plus douloureuse en brossant un futur auquel elle ne pourrait jamais prétendre.

— Ma mère a quitté la France car c'était trop proche des Asturies, donc trop risqué. Mon père a même tenté de la faire s'installer en Nouvelle-Zélande pour protéger le secret de mon existence. Elle a refusé de partir aussi loin, alors ils sont tombés d'accord sur la Cornouailles. Après la conversation que nous venons d'avoir, je doute qu'il ait changé d'avis.

— Il ne s'agit pas de lui, objecta Akil.

— Non, il s'agit de moi. Il m'a rappelé que si mon identité devenait publique, la situation d'Arrosa se compliquerait. C'est déjà assez difficile pour elle, tu le sais bien. J'aime ma sœur, Akil. Elle est la seule constante dans ma vie. Je ne pourrais pas vivre ici en sachant que je suis une bombe à retardement ambulante.

— Lui en as-tu parlé ? Je connais Arrosa. Je suis sûr qu'elle se moque du scandale et donnerait n'importe quoi pour t'avoir auprès d'elle. Elle t'aime aussi, Clem. Elle voudrait que tu sois heureuse.

— Mais comment pourrais-je l'être en vivant près d'un père et d'une sœur contraints de m'ignorer ? répliqua Clem. Si toi et moi sommes ensemble, nous les croiserons à certains événements. Et il faudrait qu'on fasse semblant de ne pas se connaître ? Je ne peux pas, Akil. Ça me briserait. Être là, indésirable. Une étrangère pour ma propre famille…

Les larmes qu'elle s'efforçait de contenir ruisselèrent sur ses joues. Akil la serra dans ses bras et elle se blottit contre son torse.

— Tu n'es pas indésirable, Clem. Je serai toujours à tes côtés, quoi qu'il arrive.

Que n'aurait-elle donné pour le croire !

— Et si ça ne fonctionne pas entre nous ? persista-t-elle. On ne se connaît que depuis quelques semaines. Tu as dit toi-même que des objectifs communs étaient le meilleur ciment d'une relation. Que l'amour compliquait les choses. Que tes parents s'étaient mariés sur un coup de tête et que leur mariage avait été un échec. Et si la même chose nous arrivait ? Imagine si dans une semaine, un mois ou un an, nous réalisons que nous ne sommes pas faits l'un pour l'autre… Alors quoi ? Qu'est-ce que je deviens ? Ne vaut-il pas mieux tout arrêter maintenant ?

Elle s'autorisa encore quelques secondes dans ses bras. Pour absorber sa force. Mémoriser chaque relief et sillon de son corps. Lorsqu'elle se dégagea, elle s'était composé un visage neutre afin qu'il ne voie pas combien prononcer ces mots la blessait.

— C'est vrai, admit-il d'un air de regret. Je le pensais à ce moment-là, car je n'étais jamais tombé amoureux. J'ignorais ce qu'était l'amour. Maintenant, je le sais, grâce à toi. Mes sentiments ne changeront pas, Clem. Fais-moi confiance.

Elle secoua la tête.

— Je ne peux pas. C'est tentant de prolonger ce que nous avons vécu cet été. Mais il faut être réaliste. Ce n'était qu'une parenthèse. Une jolie aventure de vacances dont je garderai un souvenir inoubliable.

— Et si c'était plus que ça ? Si c'était le début d'une histoire extraordinaire ?

— Peut-être dans une autre vie…

— Nous n'en avons qu'une seule.

— Je suis désolée, murmura-t-elle, incapable d'endurer ce supplice plus longtemps. Tu devrais y aller. J'ai mon sac à préparer.

Akil la dévisageait, immobile. Implorant.

— Ne renonce pas, Clem. Bats-toi pour nous.

Elle baissa les yeux sous le poids de son regard. Lorsqu'elle les releva, il était parti.

Ses jambes se dérobèrent, et elle éclata en sanglots, recroquevillée sur la jetée. Elle pleura toutes les larmes de son corps, secouée de spasmes, jusqu'à ne plus rien ressentir. Après un moment, elle se releva. Sa gorge lui faisait mal. Mais l'étau qui lui comprimait la poitrine pendant son échange avec Akil s'était desserré. Elle pouvait de nouveau bouger.

Son père lui avait réservé un billet d'avion pour le soir même. Clem regagna la villa tel un automate. Elle avait apporté si peu d'affaires que les rassembler ne lui prit pas longtemps. Restait le sachet en papier sur la commode contenant les bijoux achetés quelques semaines plus tôt. Elle passa l'un des bracelets à son poignet, laissant l'autre pour sa sœur, et serra les boutons de manchettes dans le creux de sa paume avant de les glisser au fond de sa poche. Elle demanderait à Henri de les donner à Akil.

Son sac prêt, elle le déposa dans le vestibule, puis débarrassa le plateau à café sur la terrasse. Elle avait besoin de s'occuper pour ne pas penser. Ne pas affronter la réalité en face : c'était son dernier jour aux Asturies. Elle ne reverrait plus jamais Akil. Et sa sœur, quand la retrouverait-elle ?

Quand tout fut en ordre, n'ayant plus rien à faire, elle retourna au lac. Le palais se découpait, majestueux, au-delà des arbres. Clem n'aurait pas voulu grandir là-bas. Aussi magnifique qu'il soit, elle préférait son cottage en Cornouailles, loin de tout le tralala royal qu'Arrosa subissait au quotidien. Cette villa, c'était différent. Elle aurait aimé pouvoir rendre visite à sa sœur ici et passer du temps avec elle. Peut-être se seraient-elles assises ensemble au bord du lac, à échanger des potins autour d'une bonne bouteille de vin ?

Si elle avait dit oui à Akil… Si elle avait été plus forte, plus courageuse… Son vœu aurait-il été exaucé ? Non, sans doute pas. Elle et Rosy ne pourraient jamais être sœurs en public. C'était pour cela qu'elle devait rentrer en Angleterre. Pour Arrosa.

Elle s'assit sur la jetée et caressa l'eau du bout des doigts. L'eau était son élément. C'était dans l'eau qu'elle et Akil avaient sauté le pas. Ce moment avait été une révélation.

Tout ce qu'ils avaient vécu ensemble l'avait changée. Elle voulait protéger sa sœur, oui, mais elle devait se protéger aussi. Elle avait peur de souffrir. Peur d'être abandonnée. Peur de ne pas être assez bien. Mais n'était-il pas déjà trop tard ? Son cœur appartenait à Akil. Jamais elle n'avait autant souffert qu'en cet instant. Akil voulait qu'elle reste, ce n'était pas sa faute. C'était elle qui s'infligeait cela. Elle qui l'abandonnait.

Elle étudia son reflet dans l'eau, pâle et défait. Et si elle acceptait ? Quel était le pire qui puisse arriver ? Son père désapprouverait et elle devrait respecter la volonté de Rosy quant à leurs apparitions publiques. Mais qui ferait le lien entre Clémence Beaumont et la famille royale ? Elle ressemblait beaucoup à sa sœur, c'était un fait. Mais les cheveux noirs et les yeux noisette étaient communs aux Asturies.

Akil l'aimait. Il avait eu le courage de lui avouer ses sentiments. De se rendre vulnérable, lui dont la vie était strictement régie par son devoir. Il la voulait à ses côtés en dépit des obstacles. Être aimée au point de passer avant tout… C'était ce dont elle avait toujours rêvé. Et elle serait prête à y renoncer ?

Elle l'aimait aussi. Allait-elle rentrer chez elle et poursuivre sa vie sans lui ? Continuer comme si rien ne s'était jamais passé ? Comment le pourrait-elle ? Elle n'était plus la fille arrivée aux Asturies quelques semaines plus tôt, perdue et en deuil, incapable d'aller de l'avant. Akil l'avait aidée à se retrouver. Il lui avait ouvert les yeux sur ce qu'elle voulait vraiment.

Lui.

Il ne restait plus qu'à le lui dire.

Akil ignorait où il allait en quittant le domaine Artega. Mais une chose était sûre : la discussion n'était pas terminée. Ce serait différent si Clem avait choisi de rentrer en Cornouailles de son plein gré. Si elle ne tenait pas assez à lui pour rester. Il en souffrirait, mais respecterait sa décision. Mais ce n'était pas le cas, il le savait. Que lui avait dit son père pour la persuader qu'elle n'avait pas sa place aux Asturies et que sa présence serait un danger pour sa sœur ?

Le seul danger était le secret lui-même. Tout secret recelait un pouvoir n'existant qu'avec lui. Sitôt éventé, son pouvoir disparaissait. Clem avait vingt-sept ans aujourd'hui. Zorien n'était techniquement pas encore fiancé lorsqu'elle avait été conçue. La découverte de son existence provoquerait des remous, mais ils seraient de courte durée. Surtout si les familles Artega et Ortiz s'unissaient autour d'elle.

Mais que pouvait-il faire, lui ? Ce n'était pas son rôle de révéler ce secret. Il n'en avait aucun droit.

Une idée lui vint. Actionnant la commande vocale, il demanda à son téléphone d'appeler Arrosa, qui décrocha après plusieurs sonneries.

— Akil ? Est-ce que tout va bien ?

— Pas vraiment. As-tu parlé à ton père ?

— C'est drôle que tu me poses cette question. Il m'a laissé plusieurs messages m'enjoignant de rentrer.

Que pensait la princesse de cette injonction ? Son intonation ne laissait rien filtrer.

— Il a donné le même ordre à Clem, annonça-t-il, les doigts crispés sur le volant.

— Eh bien, nous savions toutes les deux que ça ne pouvait pas durer éternellement…

Cette fois, aucun doute. C'était bien du regret dans la voix d'Arrosa.

— Non. À un moment donné, les gens allaient vouloir voir le visage de leur princesse. Clem devrait pouvoir quitter le palais sans avoir à se déguiser. Mais ça ne signifie pas que tout doit redevenir exactement comme avant, tu ne crois pas ?

Un silence perplexe suivit au bout du fil.

— Que veux-tu dire ? questionna-t-elle.

— Les choses vont changer aux Asturies. Tu es le fer de lance de cette nouvelle ère, Arrosa. Quitte à prendre un nouveau départ, pourquoi ne pas aller jusqu'au bout ?

— Est-ce à propos de Clem ?

— Je l'aime, confessa-t-il sans détour. Et je sais qu'elle m'aime aussi. Mais elle refuse de rester. Elle sacrifie son propre bonheur car votre père l'a convaincue que le scandale, si son existence venait à être connue, serait un fardeau pour toi et elle t'aime trop pour te causer du tort.

— C'est faux, infirma Arrosa. Je ne demande pas mieux que tout le monde sache qui elle est. Je suis si fière d'elle ! Mais comment pourrais-je lui faire ça ? Clem n'a jamais été la cible des médias. Elle ignore ce que c'est d'être suivie partout, d'avoir ses moindres faits et gestes décortiqués, ses moindres expressions interprétées au point d'être forcée de porter constamment un masque. Sa vie amoureuse ne fait pas l'objet de rumeurs et de spéculations. Elle jouit d'une liberté que je n'aurai jamais. Si le public apprenait qui elle était, elle la perdrait. Je refuse de lui infliger ça.

— Ne penses-tu pas que c'est à elle d'en décider ? fit valoir Akil. En essayant de vous protéger l'une l'autre chacune de votre côté, vous y perdez toutes les deux.

— Dois-je comprendre que tu agis de façon purement désintéressée ?

— Je ne nie pas que j'aimerais continuer à la voir si elle reste aux Asturies. Mais il ne s'agit pas de nous. Elle est seule, Arrosa. Elle rentre en Cornouailles où ne l'attend aucune famille, personne qui se soucie vraiment d'elle. Elle n'a que toi et moi.

— Qu'as-tu en tête ? demanda Arrosa après un autre silence.

— Je vais aller voir votre père et lui conseiller de la reconnaître publiquement, si Clem est d'accord. Après quoi, je ferai mon possible pour la convaincre de nous donner une chance. Es-tu prête à me soutenir, Arrosa ?

— Bien sûr. À cent pour cent.

— Merci. C'est tout ce que j'avais besoin d'entendre.

Akil raccrocha et prit la direction du château d'Oviedo. Il savait exactement quoi faire, à présent. Une fois arrivé, il se gara sur sa place attitrée devant le parlement, puis entra dans le bâtiment, brandissant sa carte de parlementaire à chaque poste de sécurité jusqu'au passage conduisant aux appartements royaux. Là, il dut donner son nom à un majordome et solliciter une entrevue avec Zorien.

— Le roi m'attend, affirma Akil avec un aplomb qui déconcerta l'employé.

Ce dernier s'éclipsa et réapparut quelques minutes plus tard.

— Sa Majesté va vous recevoir, déclara-t-il, sa surprise manifeste. Si vous voulez bien me suivre…

Akil lui emboîta le pas à travers plusieurs couloirs jusqu'à une massive porte en chêne. Le majordome frappa et ouvrit, puis fit signe à Akil d'entrer.

Le roi se tenait debout devant l'une des hautes fenêtres. Il se retourna lorsque Akil s'avança dans la pièce et s'inclina.

— Je me demandais si je vous verrais aujourd'hui, dit-il en guise d'accueil.

— Votre Majesté.

Akil se redressa.

— J'imagine que vous devinez la raison de ma visite ?

Zorien lui désigna un fauteuil.

— Asseyez-vous, Ortiz. Un cognac ? Non ? Vous êtes sûr ?

Les deux hommes s'assirent l'un en face de l'autre.

— C'est pour son bien, vous savez. Leur bien à toutes les deux.

Akil contint sa colère et choisit ses mots avec soin, privilégiant la diplomatie.

— N'est-ce pas à elles de décider, Votre Majesté ? Ce ne sont plus des enfants, mais des adultes. Deux femmes fortes qui n'ont pas eu la vie facile, chacune à leur façon. Elles ont besoin l'une de l'autre et veulent se soutenir comme de vraies sœurs. Où elles vivent et si elles se voient devrait être leur choix, pas le vôtre.

— Vous intercédez donc en leur faveur ? Mes filles sont capables d'exprimer elles-mêmes leurs opinions.

— En effet, convint Akil. Mais à cause de vous, elles pensent toutes les deux que leur silence les protège mutuellement. Et tant qu'elles croiront faire ce qu'il y a de mieux l'une pour l'autre, elles ne s'opposeront pas à vous. J'ignore si c'est de la manipulation ou un simple malentendu. Pour ma part, je n'ai pas leurs scrupules. C'est pourquoi je préfère vous prévenir…

Il soutint le regard du roi.

— J'aime Clem. Je veux faire ma vie avec elle. Je me moque que vous désapprouviez qu'elle reste aux Asturies, mais pas elle. D'où ma visite.

— Vous êtes venu me demander ma permission ?

— Je n'ai besoin de la permission de personne, décréta-t-il. C'est différent pour Clem. Savoir que vous l'aimez et qu'elle a une place dans votre vie est important pour elle. C'est une femme exceptionnelle, vous savez. Intelligente et altruiste. Elle serait un atout, autant pour vous que pour Arrosa. Mais ce n'est pas pour ça que je veux que vous la reconnaissiez. Je crois que vous le lui devez, parce que vous êtes son père et qu'elle n'a personne d'autre.

— Vous pensez vraiment que c'est aussi simple ? répondit Zorien.

Akil sourit.

— Vous et moi savons qu'en politique, le choix de la facilité est rarement le bon. Non, ce ne sera pas simple. Le scandale est inévitable. Mais ce n'est qu'un mauvais moment à passer.

— J'ai une femme qui n'a rien à voir avec tout cela, intervint le roi.

— Votre fille non plus n'y est pour rien, repartit Akil. Clem mérite que vous la reconnaissiez officiellement. La décision de le faire ou non vous appartient. Ce n'est pas mon rôle de dévoiler vos secrets. Mais ça ne l'est pas non plus de les endosser. Je ferai tout mon possible pour convaincre Clem de s'installer ici avec moi, que ça vous plaise ou non. Si j'y parviens, il vous faudra l'accepter. Car si je vous surprends à la snober une seule fois ou à la refaire pleurer comme aujourd'hui, notre prochaine conversation n'aura rien de civilisé.

— J'en prends bonne note, Ortiz.

— Tant mieux.

Le roi soupira.

— Je crois que j'ai besoin d'un verre. Êtes-vous sûr de ne pas vouloir boire quelque chose ?

Il se leva, remplit d'autorité deux verres de cognac et en posa un devant Akil.

— Pour être honnête, j'espère presque que Clem vous repousse. Vous seriez un gendre épuisant. Raison de plus, peut-être, pour vous garder sous la main. Vous seriez aussi utile à Arrosa lorsqu'elle reprendra les rênes. Un beau-frère comme vous dans son camp serait un atout majeur.

— Tout comme Clem.

— Je dois d'abord en parler à Arrosa, ainsi qu'à ma femme. Mais si Clem veut que je la reconnaisse publiquement, peut-être est-il temps. Dites-lui que je vais y réfléchir.

Akil se leva sans avoir touché à son cognac.

— Merci, Votre Majesté.

— Bonne chance, Ortiz.

— Je vais en avoir besoin, affirma-t-il dans un sourire. Votre fille est une vraie tête de mule !

— Ne m'en parlez pas. Elle tient ça de sa mère.

Le visage austère du roi s'adoucit.

— J'ai fait ce que je croyais être le mieux, à l'époque. Le mieux pour les Asturies. Iara est une bonne reine, je ne la mérite sans doute pas. Et j'aime Clémence plus qu'elle ne le saura jamais. Mais j'aurais aimé pouvoir être plus présent et lui montrer combien je suis fier.

— Il n'est pas trop tard, Votre Majesté.

Akil espérait que ce soit vrai pour lui aussi. Il descendait d'une longue lignée de guerriers. L'heure était venue de livrer la plus importante bataille de sa vie.

13.

Clem regagna la villa, animée d'une résolution nouvelle. En approchant de la terrasse, elle aperçut une haute silhouette qui l'attendait. Son cœur fit un salto. Mais la déception l'envahit lorsqu'elle reconnut Henri. Le garde du corps, d'ordinaire impassible, semblait sincèrement désolé pour elle.

— Votre avion vous attend, Votre Altesse.

— Je vous en prie, Henri. Pas de chichis entre nous. Appelez-moi Clem.

Un sourire s'ébaucha sur ses traits.

— Vous êtes la fille du roi. Vous méritez d'être appelée par votre titre.

— Merci. C'est un réconfort de vous savoir auprès de Rosy. Je vais chercher mes affaires.

Elle récupéra son sac et sa veste dans le vestibule, puis lança un dernier regard autour d'elle. Elle imaginait sa sœur penchée sur ses papiers dans son bureau, se préparant à manger sur la cuisinière ou se relaxant devant la télévision. Si tout se passait comme prévu, partagerait-elle bientôt ces moments avec elle ?

— Ce n'est qu'un au revoir, murmura-t-elle.

Sur cette promesse, elle suivit Henri jusqu'à la voiture. Alors qu'il s'installait au volant après l'avoir aidée à monter, elle se pencha vers lui.

— Henri, puis-je vous demander une faveur ?

— Vous ressemblez beaucoup à votre sœur quand vous dites ça, remarqua-t-il, mi-soupçonneux, mi-amusé.

Clem sourit.

— J'aimerais revoir la mer une dernière fois. Vous vous souvenez de la plage où Akil et moi sommes allés la première semaine ? Vous voulez bien m'y emmener ?

Ils n'avaient pas besoin d'aller si loin pour voir la mer. Mais Henri acquiesça sans poser de question. Clem sortit son téléphone et écrivit un bref message :

Je suis à la plage. Pouvons-nous discuter ?

Viendrait-il ? Elle l'espérait. Peut-être avait-il changé d'avis pour une raison ou une autre. Peut-être avait-il décidé que l'amour était trop compliqué et qu'il préférait s'en tenir à un mariage de convenance, tout compte fait. Auquel cas, elle ne pourrait le lui reprocher. Mais elle ne se cacherait pas non plus derrière cette excuse pour fuir les conséquences de ses propres choix. C'était à elle de décider si son avenir était aux Asturies ou non. Pas à Akil. Fini de tout accepter passivement. Il était grand temps de sortir de l'ombre. De préférence avec Akil à ses côtés, même s'il l'avait rendue assez forte pour faire face par elle-même.

Lorsqu'ils arrivèrent en milieu d'après-midi, il y avait beaucoup plus de monde que la première fois. Sur le parking, des familles déchargeaient leurs paniers de pique-nique et des groupes d'adolescents, leurs planches de surf. La limousine ne manqua pas d'attirer les regards.

— N'ouvrez pas la portière pour moi, Henri, le pria Clem. Je doute qu'on me prenne pour ma sœur. Mais si vous faites des manières, les gens risquent de se faire des idées.

Elle descendit de voiture, et en effet personne ne lui prêta vraiment attention. Pauvre Arrosa qui, elle, ne pouvait faire un pas sans Henri pour repousser les paparazzis et les passants curieux ! Si sa sœur était prête à risquer le scandale pour qu'elle reste, Clem l'était-elle aussi ? Avait-elle les épaules pour supporter d'être la cible des rumeurs les plus folles ? D'être sans cesse reconnue dans la rue et photographiée ?

Oui. Avec Rosy et Akil auprès d'elle, plus rien ne l'effrayait.

Sur la plage, elle retira ses sandales pour marcher pieds nus sur le sable. L'eau lui lapait les chevilles et elle releva le bas de sa robe afin de ne pas la mouiller. Le bleu de la mer à l'horizon se confondait avec celui du ciel. Comme elle aimait cette odeur iodée venant du large ! L'odeur de chez elle. Elle pouvait vivre n'importe où, tant qu'il y avait la mer à proximité.

Elle consulta son téléphone. Aucune réponse d'Akil, mais un message de sa sœur :

Sache que quoi que tu décides, je suis avec toi. Je suis fière de t'avoir dans ma vie et le crierai sur les toits si tu me le demandes.

Ta sœur qui t'aime.

Clem battit des cils. Décidément, elle ne faisait que pleurer, aujourd'hui ! Elle répondit aussitôt :

Pareil pour moi.

Elle continua sa balade, non sans un regard empreint d'espoir vers le port. Elle se sentait légère, affranchie des incertitudes qui la freinaient depuis des mois. Libre d'être enfin qui elle voulait, où elle voulait.

Sur un coup de tête, elle enleva sa robe qu'elle plia sur ses chaussures avec son téléphone dedans, puis entra dans l'eau jusqu'à la taille avant de plonger tout entière. Submergée, elle laissa l'eau salée la purifier de ses derniers doutes, ses dernières craintes. Sa tristesse, elle, ne s'en irait jamais totalement. Mais elle apprendrait à vivre avec, jour après jour. Elle avait confiance en l'avenir.

Akil quittait le château quand son téléphone vibra. *Pourvu que ce soit Clem…*

Quoi que ma sœur décide, je suis avec elle. Elle aura toujours mon soutien.

Le message d'Arrosa lui enleva un poids. Il n'avait pas absolument besoin de la princesse de son côté. Mais Clem, si.

Merci. Je sors d'une conversation à cœur ouvert avec ton père. Nous sommes arrivés à un consensus.

Son texto envoyé, il monta dans sa voiture. Et maintenant ? Après avoir échangé avec Arrosa et le roi, il comprenait mieux la position de Clem. Si elle choisissait de rester, il pouvait désormais lui promettre qu'elle ne serait pas entièrement dépendante de lui. Que sa sœur aussi lui ferait une place dans sa vie et que même Zorien était ouvert à une relation père-fille au grand jour. Mais tout cela n'était que des mots. Comment convaincre Clem ? Par instinct de préservation et par amour pour sa sœur, elle avait érigé d'impénétrables défenses autour d'elle. De belles paroles ne suffiraient pas.

Réfléchis, bon sang !

Une idée lui vint à l'esprit. Sautant de sa voiture, il piqua un sprint jusqu'à son appartement au centre-ville. Après avoir nourri Tigrou, il glissa dans sa poche son double de clés et ressortit aussitôt, direction la petite bijouterie que Clem et lui avaient visitée seulement quelques jours plus tôt. La boutique se spécialisait dans le verre de mer, et Clem s'était extasiée devant les superbes camaïeux de vert et de turquoise. Il choisit un porte-clés ainsi qu'un collier assorti, régla ses achats et regagna en courant sa voiture garée au parlement. Le double de clés fut rapidement inséré sur le porte-clés. Parfait, il avait un plan. Restait à trouver Clem.

Il vérifia de nouveau son portable… Un message de Clem ! Elle était à la plage. Pas besoin de demander laquelle. C'était plutôt bon signe.

Le trajet jusqu'au port lui prit aussi peu de temps que le permettaient les limitations de vitesse. Sur le parking, il repéra tout de suite la limousine, Henri appuyé contre. Akil se gara sur la place voisine, mit le porte-clés et le collier dans sa poche et descendit de voiture.

— Est-elle toujours là ? s'enquit-il.

Le chauffeur acquiesça.

— Elle est allée se promener.

— Quels sont vos ordres ? Doit-elle arriver à l'aéroport coûte que coûte ?

— Tout dépend. Est-elle en sécurité avec vous ?

— Toujours.

Henri hocha la tête.

— Son sac est dans la voiture.

Un unique sac, qui rentrait sans peine dans le coffre étroit de son cabriolet. Elle n'avait rien d'autre. C'était désolant. Il verrouilla sa voiture et salua Henri une dernière fois.

— Merci d'avoir pris soin d'elle.

Il se dirigea vers la plage qu'il balaya des yeux. Elle était animée. Des familles pique-niquaient sur le sable. Des groupes d'adolescents prenaient le soleil ou s'éclaboussaient dans l'eau. Son regard cherchait une silhouette se promenant seule. Mais Clem n'était nulle part en vue. Il allait devoir y aller à l'instinct. Il se fraya un chemin parmi les gens jusqu'à un coin plus calme à l'écart. Toujours aucune trace d'elle.

— Où es-tu, Clem ?

Une tache de couleur attira son attention. Un morceau de tissu du même vert que la robe qu'elle portait plus tôt. Il s'en approcha. La robe était soigneusement pliée sur une paire de sandales, le tout posé sur un rocher. Il tourna la tête vers la mer. Là nageait sa néréide, domptant les vagues avec aisance comme si elles et son corps ne faisaient qu'un.

Ni une ni deux, il se déshabilla et entra dans l'eau à son tour. L'anticipation fusa dans ses veines. Nager avec Clem se finissait souvent de la même façon – elle et lui au lit, amoureusement enlacés. Il ne mit pas longtemps à la rattraper, plongea sous la surface et rejaillit juste devant elle.

— Belle journée pour se baigner, non ?

La jeune femme tressaillit et s'enfonça sous l'eau, avant de reparaître en aspirant une grande goulée d'air. Akil déglutit. En lingerie trempée moulant ses courbes, ses cheveux ruisselants rejetés en arrière, elle était à couper le souffle.

— Tu m'as fait peur ! s'exclama-t-elle.

— Et toi, alors ? J'ai trouvé tes vêtements abandonnés sur la plage, et aucun signe de toi.

Elle rit.

— Je m'ennuyais en t'attendant. La mer m'appelait, je n'ai pas pu résister. Il n'y a que dans l'eau que je me sens vraiment moi-même.

— Tu devais être une sirène dans une autre vie, plaisanta Akil.

Clem redevint sérieuse.

— Je suis désolée, murmura-t-elle. Pour ce que je t'ai dit tout à l'heure. Je t'aime aussi, Akil.

— Je sais.

Il ressentait son amour avec chaque fibre de son être.

— J'avais peur, poursuivit-elle. Peur de ce que serait ma vie si mon père ne voulait pas de moi ici ou si tu te lassais de nous. Toi et moi venons de deux mondes différents. Je suis loin d'être la partenaire idéale. Si je suis indésirable aux Asturies pour ma famille et pour la Cour, ça aura des conséquences pour toi. Pour les projets qui te tiennent à cœur. Je ne veux pas être celle qui entrave ta carrière. J'ai vu comment mon père me regardait. Je ne supporterais pas que tu me regardes de la même façon.

Akil s'efforça de trouver les bons mots.

— Ça n'arrivera pas, Clem. Je serai toujours fier de toi. Fier de t'avoir comme partenaire. J'ignore ce que l'avenir nous réserve à tous, mais il est sûrement moins sombre que tu ne l'imagines. Même si ton père refuse de te reconnaître et te bannit, je resterai à tes côtés. Tu es à moi et moi seul, conclut-il avec possessivité.

Il exulta en voyant Clem rougir.

— Je voulais un homme qui m'aime et me fasse passer avant tout. Mais quand je l'ai enfin trouvé, je me suis défilée. J'ai toujours peur, admit-elle. J'aime projeter l'image d'une fille intrépide. Et je le suis parfois. Je peux monter sur scène devant des milliers de personnes sans avoir le trac. Mais quand il s'agit de mettre mon cœur en jeu, je suis la pire des lâches.

— J'étais sincère, Clem. Je serai toujours là pour toi, réitéra Akil. Je ne veux pas d'un mariage de convenance dans l'intérêt de ma carrière. Je préfère les Anglaises sans langue de bois, qui adorent l'eau et transforment chaque visite touristique en parcours du combattant. Je t'aime, Clem. C'est toi que je veux. Toi et moi ferons de grandes choses aux Asturies. Tu as même déjà commencé.

Il lui caressa la joue.

— Le travail que tu as initié à l'hôpital est une source d'inspiration. Nous pourrions le développer si c'est ce que tu souhaites. Mais si ta famille te rend la vie trop difficile et que tu en souffres, je suis ouvert à d'autres possibilités. Je ne dis pas que ce sera facile. La politique n'est pas la carrière la plus simple à transposer à l'étranger. Mais j'ai déjà reçu des invitations à donner des conférences et des offres de postes d'enseignant-chercheur. Nous trouverons bien une solution.

Clem écarquilla les yeux.

— Tu ferais ça pour moi ?

— Je ferais n'importe quoi pour toi. Je pensais que tu le savais.

Le cœur de Clem se gonfla d'émotion. Elle n'avait qu'un mot à dire pour qu'il renonce à son titre, à la promesse faite à son père, à toute sa vie aux Asturies, simplement parce que son bonheur était sa priorité. Un tel courage se devait d'être mutuel.

— Je n'ai aucune intention de fuir, décréta-t-elle. Si je suis tombée amoureuse des Asturies, c'est grâce à toi. Tu m'as fait découvrir ce pays que tu aimes et auquel tu donnes tant de toi-même à travers ton travail et ton engagement bénévole. Comment pourrais-je ne pas l'aimer aussi ? Tu es une inspiration pour moi. En restant, j'espère t'apporter autant que tu m'apportes. Et si ça veut dire jouer les hôtesses de soirées mondaines, eh bien, j'apprendrai. Je suis actrice, non ?

Akil éclata de rire et l'attira à lui. Leur baiser passionné les aspira tous les deux sous la surface. Clem s'accrocha à ses épaules en donnant une impulsion pour remonter et reprit sa bouche en même temps que son souffle.

— Ma sirène, murmura-t-il en écartant ses cheveux mouillés de son visage. Accepterais-tu de me suivre sur la terre ferme ?

— Pour cette fois.

Main dans la main, ils regagnèrent la plage. Il faisait si chaud que leur peau sécha en quelques minutes dès qu'ils furent sortis de l'eau. Clem renfila sa robe par-dessus ses sous-vêtements, Akil sa chemise sans la reboutonner.

— J'ai quelque chose pour toi…

Il ramassa son jean et plongea la main dans une des poches. Était-ce elle ou il semblait nerveux ?

— Sache que tu auras toujours un endroit où aller, Clem. C'est pour toi. Tu peux l'utiliser quand bon te semble. Tous les jours, j'espère.

Elle fronça les sourcils devant la clé attachée à un joli verre de mer turquoise.

— Qu'est-ce que c'est ?

— Une clé de mon appartement, répondit-il, tout sourire. La première fois que tu es venue, tu as dit qu'on s'y sentait chez soi. Tant mieux, car j'aimerais que nous y vivions ensemble, au moins pour un temps. Plus tard, peut-être pourrions-nous chercher autre chose. Une maison au bord de la mer, par exemple, où tu puisses nager tous les jours.

Le soleil se reflétait dans le verre turquoise et faisait étinceler le métal.

— Tu me donnes une clé ?

— Ce n'est pas très romantique, mais…

— Au contraire ! s'exclama Clem. C'est le plus beau cadeau qu'on m'ait jamais fait !

Elle se jeta à son cou et l'embrassa avec fougue, émue par le symbole fort derrière le geste.

— Merci, Akil. Ton appartement est génial. J'adorerais y vivre avec toi. Le temps que nous trouvions notre maison, bien sûr.

Elle lui décocha un clin d'œil.

— Mais je dois d'abord rentrer en Cornouailles, trier les affaires de ma mère et faire le point sur ce dont j'ai besoin. Il faudra aussi que j'amène Gus. J'espère que Tigrou s'entendra bien avec son nouveau colocataire.

— Serais-tu d'accord pour que je t'accompagne avant la rentrée du Parlement ? J'aimerais voir l'endroit où tu as grandi et rencontrer tes amis.

— Avec joie ! Je ne crois pas au fantôme, et je sais que c'est idiot, mais… Le cottage est un peu une part de ma mère. Je voudrais qu'elle te connaisse.

Akil passa un bras autour de ses épaules.

— Ce n'est pas idiot du tout. Ce sera un honneur.

— Oh ! j'y pense… Moi aussi, j'ai quelque chose pour toi.

Elle venait de se rappeler le sachet en papier qu'elle sortit de sa poche.

— Je les ai achetés le premier jour où nous sommes sortis en bateau, ainsi que deux bracelets pour Rosy et moi.

Elle désigna le bijou à son poignet.

— Ma mère adorait la nature. Surtout les arbres. La toute première de ses campagnes dont je me souvienne était pour sauver un vieux chêne sur le point d'être abattu. Elle était allée jusqu'à s'enchaîner au tronc avec d'autres. À l'époque, j'avais honte et aurais préféré avoir une mère normale. Aujourd'hui, je donnerais n'importe quoi pour m'enchaîner à un arbre avec elle. Ces bijoux m'ont fait penser à elle.

Elle lui tendit timidement le sac.

— Si tu ne les aimes pas…

— Je les adore.

Il manipula avec précaution les délicats boutons de manchettes.

— Je les porterai au Sénat et me laisserai guider par l'esprit de ta mère.

— Attention. Va savoir pour quoi elle risque de te faire voter !

— Elle t'a élevée, non ? J'ai confiance en son instinct.

— Je crois qu'elle t'apprécierait beaucoup, Akil Ortiz.

Elle l'embrassa à nouveau. C'était si bon de le sentir contre elle, solide et bien réel. Entre eux, c'était plus qu'une histoire de vacances. Leur amour soulèverait des montagnes. Oh ! elle n'était pas naïve. Toute relation exigeait des efforts et des compromis. Mais cet homme en valait la peine.

— C'est peut-être prématuré, reprit Akil, mais sache que je vais te demander en mariage cette année. Peu importent les questions qui subsistent. Où nous vivrons, nos futurs projets… Tant que nous sommes ensemble, tout est possible.

— Alors sache que je vais dire oui, dit Clem, au comble du bonheur. Mon seul chez moi, c'est toi. À une condition.

— Tout ce que tu veux.

— Une fois par mois, nous sortirons en bateau et y passerons au moins une nuit.

— Je l'indiquerai dans nos vœux de mariage, promit-il en riant.

Clem joignit son rire au sien.

— Merci, Akil, de m'avoir permis de réfléchir à ce que je voulais vraiment. Merci de croire en moi et de m'aimer.

— Oh ! pour ça, tu peux compter sur moi.

Il scella leurs bouches, et elle s'abandonna au plus doux des baisers. Elle n'avait plus besoin d'une scène ou d'un public pour se sentir exister. Grâce à Akil, elle savait exactement qui elle était, confiante en elle et en ses rêves.

— Je t'aime, souffla-t-elle contre ses lèvres.

— Je t'aime aussi, répondit-il dans un sourire. Viens, allons annoncer à ton père que rentrer en Cornouailles n'est plus au programme. Après ça, nous aurons bien mérité quelques nuits en mer.

— Excellente idée.

Leurs doigts s'entremêlèrent. Akil était à ses côtés et avait promis d'y rester. Elle n'était plus seule, désormais. Elle avait une famille : lui et sa sœur. Elle avait enfin trouvé sa place. Les yeux levés vers le ciel, Clem eut une pensée pour sa mère, avant de se laisser entraîner vers le port. Vers sa future vie avec Akil. Un avenir radieux les attendait. Elle avait hâte d'y être.

Vous avez aimé ce roman ?
Découvrez l'histoire de la princesse Arrosa
dès le mois d'octobre dans votre collection Azur.
Un roman signé Jessica Gilmore.

Retrouvez prochainement,
dans votre collection

AZUR

Désirs grecs, de Melanie Milburne - N°4642

C'est avec émotion que Ruby s'engage dans Rothwell Park, le domaine où elle a grandi. Le château, dont sa grand-mère est restée la gouvernante, lui a offert autrefois un havre de paix... et l'amour. Follement éprise de Lucas Rothwell, son héritier, elle a cependant dû se faire à l'idée qu'il ne partagerait jamais ses sentiments. Aujourd'hui, revoir Lucas est plus troublant que jamais. L'aura de mystère qui entoure cet homme est accentuée par le secret qu'il lui révèle bientôt. Un secret qu'il demande à Ruby de taire au monde, durant le voyage qu'ils feront ensemble en Grèce...

Scandale en Italie, de Chantelle Shaw - N°4643

Si Ivy fait irruption dans la salle de réunion de Rafael Vieri, interrompant ainsi la signature d'un fructueux contrat, c'est pour le placer face à ses responsabilités. Le bébé dont elle est la tutrice est celui de l'homme d'affaires ! proclame-t-elle devant une assemblée ahurie. Or ce scandale est d'autant plus malvenu que Rafael lui prouve bientôt qu'elle a fait erreur sur la personne. Furieux qu'Ivy ait ainsi compromis sa réputation, il exige d'elle qu'elle contribue à redorer son image... en l'épousant !

L'héritier d'une princesse, de Clare Connelly - N°4644

La princesse Charlotte de Rothsburg connaît son devoir : donner au royaume un héritier. Or, avant d'épouser un homme qu'on a choisi à sa place, elle s'autorise une nuit d'égarement. Une nuit où dans l'anonymat elle s'offre à Rocco Santinova, un homme d'affaires connu à Manhattan et dans le monde pour son caractère impitoyable. Alors que leur histoire devrait s'arrêter là, Charlotte se découvre vite enceinte. Dès lors, elle n'a d'autre choix pour éviter la disgrâce que d'épouser Rocco...

La rivale amoureuse, de Rebecca Winters - N°4645

Sous un faux nom, Francesca s'est installée au royaume de Baldasseri. Là, elle a décroché l'emploi de ses rêves et démarré une nouvelle vie. Pas question pour elle, donc, de révéler qu'elle est une Visconti, car sa famille est rivale de la Couronne ! Hélas, par un curieux hasard – ou une facétie du destin –, elle fait bientôt la connaissance du prince Vincenzo Baldasseri, dont elle tombe amoureuse. Alors qu'elle devrait fuir son ennemi, elle a très envie d'en faire son amant...

Une passion innocente, de Sharon Kendrick - N°4646

Six ans plus tôt, Mia a fui son tout nouvel époux, sitôt leurs vœux prononcés. Quel choc pour elle de retrouver Theo Aeton sur le pas de sa porte ! S'il est venu à sa rencontre aujourd'hui, c'est pour lui demander de l'accompagner en Grèce pour se rendre au chevet d'un parent malade. Malgré les différends qui les opposent encore, Mia accepte de le suivre, tout en se jurant de rester prudente. L'homme qu'elle a follement aimé avant qu'il la trahisse a gardé le pouvoir de la faire fondre d'un seul regard. Or le désir entre eux est d'autant plus fort qu'ils n'ont jamais consommé leur union…

Liaison au palais, de Susan Meier - N°4647

Le roi Jozef vit en reclus depuis des années. Aussi est-il réticent à l'idée de confier son image publique à l'audacieuse Rowan Gray. Cette dernière, convaincue qu'il est temps pour lui de sortir de son isolement, le pousse malgré lui dans ses retranchements tout en l'attirant dangereusement. Jozef peut-il s'autoriser une liaison clandestine avec Rowan et prendre le risque de faire naître un scandale avec celle-là même qui a pour mission de protéger sa réputation ?

La captive de la forêt, de Millie Adams - N°4648

Perdue dans une forêt des Highlands, Athéna pénètre dans un mystérieux château gothique dont le maître des lieux se révèle être Cameron McKenzie. L'homme d'affaires, célèbre autrefois pour ses frasques de play-boy, vit en reclus depuis l'accident qui l'a défiguré. Alors qu'elle devrait être effrayée par son apparence et ses manières brusques, Athéna se sent auprès de lui… en sécurité. Jusqu'à ce qu'elle comprenne que Cameron n'a aucune intention de la laisser repartir !

Un patron pour époux, de Lynne Graham - N°4649

SÉRIE : *L'HÉRITAGE DES STEFANOS* - 1/3

Choqué de se découvrir une famille dont il ignorait tout, Ari Stefanos décide d'oublier ses soucis le temps d'une nuit passionnée. Dans les bras de Cleo, sa douce assistante, il vit une parenthèse délicieuse. Mais le poids des responsabilités l'accable encore quand il apprend que pour adopter sa nièce orpheline il lui faut se marier. Qu'à cela ne tienne, Ari connaît déjà la candidate parfaite pour tenir auprès de lui le rôle d'épouse. Reste à convaincre son amante d'un soir de se prêter au jeu…

Le secret de Sa Majesté, de Lucy Monroe - N°4650

SÉRIE : *DÉCRET ROYAL* - 2/3

Emma a follement aimé le prince Konstantin de Mirrus, avant qu'il la quitte pour rechercher une femme de son rang. Le revoir cinq ans plus tard est un choc d'autant plus grand pour elle que Konstantin veut désormais faire partie de sa vie – ou plutôt de celle de leur fils, dont il vient d'apprendre l'existence. Emma peut-elle lui faire confiance alors qu'il a autrefois choisi de sacrifier leur amour sur l'autel du devoir ?

La fuite d'une fiancée, de Dani Collins - N°4651

SÉRIE : *QUATRE MARIAGES ET UN BÉBÉ* - 2/4

Pour sauver son entreprise, Eden doit contracter un mariage de convenance. Hélas, lorsque la cérémonie vire au désastre, elle se retrouve contrainte de fuir en compagnie du témoin du marié ! Une folie d'autant plus grande que Remy Sylvain ne la laisse pas indifférente, depuis le baiser inoubliable qu'ils ont échangé autrefois… Cet homme, qui l'agace autant qu'il l'attire, représente pour elle le fruit défendu. Et Eden rêve soudain de passer entre ses bras ce qui aurait dû être sa nuit de noces…

Cette dernière nuit entre tes bras, d'Anne Mather - N°4652

Une dernière nuit d'amour. C'est tout ce que Joanna attend de Matt avant qu'ils ne divorcent. Une nuit de passion dans la chaleur de Miami, lors de laquelle, pendant quelques heures, ils pourraient oublier leurs différends. Une nuit de plaisir et d'insouciance… Ils se sont tant aimés, autrefois ! Seulement voilà, Joanna ne le sait que trop bien : plus rien n'est possible entre Matt et elle. Du moins le croit-elle, jusqu'à ce qu'un événement inattendu vienne bouleverser leur existence…

VOTRE COLLECTION PRÉFÉRÉE DIRECTEMENT CHEZ VOUS

Vous souhaitez découvrir nos collections ? Une fois votre 1er colis à prix mini reçu, si vous souhaitez continuer à recevoir nos livres, cela se fera automatiquement. Vous n'avez aucune obligation d'achat et cette offre est sans engagement de durée !

Dans votre 1er colis, 2 livres au prix d'un seul
+ en cadeau le 1er tome de la saga *La couronne de Santina*.
8 tomes sont à collectionner !

☛ COCHEZ la collection choisie et renvoyez cette page au
Service Lectrices Harlequin – CS 20008 – 59718 Lille Cedex 9 – France

Collections	Prix 1er colis	Réf.	Prix abonnement (frais de port compris)
❑ **AZUR**	4,75€	AZ1406	6 livres par mois 31,49€
❑ **BLANCHE**	7,40€	BL1603	3 livres par mois 25,15€
❑ **PASSIONS**	7,90€	PS0903	3 livres par mois 26,79€
❑ **BLACK ROSE**	8,00€	BR0013	3 livres par mois 27,09€
❑ **HARMONY***	5,99€	HA0513	3 livres par mois 20,76€
❑ **LES HISTORIQUES**	7,40€	LH2202	2 livres tous les deux mois 17,69€
❑ **SAGAS***	8,10€	SG2303	3 livres tous les 2 mois, 29,46€
❑ **VICTORIA**	7,90€	VI2115	5 livres tous les 2 mois 42,59€
❑ **GENTLEMEN***	7,50€	GT2022	2 livres tous les 2 mois 17,95€
❑ **NORA ROBERTS***	7,90€	NR2402	2 livres tous les 2 mois prix variable**
❑ **HORS-SÉRIE***	7,80€	HS2812	2 livres tous les 2 mois 18,65€

*livres réédités / **entre 18,75€ et 18,95€ suivant le prix des livres

F23PDFM

N° d'abonnée Harlequin (si vous en avez un) └─┴─┴─┴─┴─┴─┴─┘

Mme ❑ Mlle ❑ Nom : ____________________

Prénom : ____________________ Adresse : ____________________

____

Code Postal : └─┴─┴─┴─┴─┘ Ville : ____________________

Pays : ____________________ Tél. : └─┴─┘└─┴─┘└─┴─┘└─┴─┘└─┴─┘

E-mail : ____________________

Date de naissance : ____________________

Date limite : 31 décembre 2023. Vous recevrez votre colis environ 20 jours après réception de ce bon. Offre soumise à acceptation et réservée aux personnes majeures, résidant en France métropolitaine, dans la limite des stocks disponibles. Prix susceptibles de modification en cours d'année. Vous pouvez demander à accéder à vos données personnelles, à les rectifier ou à les effacer. Il vous suffit de nous écrire en nous indiquant vos nom, prénom et adresse à : Service Lectrices Harlequin CS 20008 59718 LILLE Cedex 9. Service Lectrices disponible du lundi au vendredi de 9h à 17h : 01 45 82 47 47.